De otro hombre

Kim Lawrence

Bianca®

HARLEQUIN®

Editado por HARLEQUIN IBÉRICA, S.A.
Hermosilla, 21
28001 Madrid

I.S.B.N.: 84-671-4331-2
Depósito legal: B-36249-2006
Editor responsable: Luis Pugni
Composición: M.T. Color & Diseño, S.L.
C/. Colquide, 6 - portal 2-3º H, 28230 Las Rozas (Madrid)
Fotomecánica: PREIMPRESIÓN 2000
C/. Algorta, 33. 28019 Madrid
Impresión y encuadernación: LITOGRAFÍA ROSÉS, S.A.
C/. Energía, 11. 08850 Gavá (Barcelona)
Fecha impresion para Argentina: 2.4.07
Distribuidor exclusivo para España: LOGISTA
Distribuidor para México: CODIPLYRSA
Distribuidores para Argentina: interior, BERTRAN, S.A.C. Vélez
Sársfield, 1950. Cap. Fed./ Buenos Aires y Gran Buenos Aires,
VACCARO SÁNCHEZ y Cía, S.A.
Distribuidor para Chile: DISTRIBUIDORA ALFA, S.A.

Capítulo 1

DESPUÉS de llevar diez minutos tratando de vender una idea casi todo el mundo se daría por vencido. Pero Dan Taylor no era uno de ésos. Algunos aseguraban que lo que le faltaba en talento no compensaba con su determinación. Y era cierto.

Santiago Morán, a quien todo el mundo consideraba un hombre con mucho talento, escuchaba decir a su amigo, unos años más joven que él, por qué necesitaba que ese fin de semana fuera con él y dos amigas a su casa de campo.

–No.

La respuesta de Santiago era inequívoca y a Dan le sorprendió un poco su total falta de cooperación. Se estaba portando con la misma fría indiferencia que Dan había esperado de él hacía cinco años cuando se presentó en las oficinas londinenses de Morán International para pedir una oportunidad. Lo único que podía presentar a su favor era un tenue, más que tenue, vínculo familiar con los Morán.

Aunque había llegado esperando ser expulsado del impresionante edificio sin contemplaciones, lograr ser recibido por el presidente fue tan duro como había anticipado. Cuando por fin se encontraron cara a cara, Dan se sintió desfallecer. Santiago era mucho más joven de lo que él esperaba y mucho más duro e implacable.

Al verse delante de los ojos negros y penetrantes que lo contemplaban con una expresión helada y cínica, Dan dejó a un lado la presentación que tan cuidadosamente había preparado en los días anteriores y dijo:

–Escucha, no hay ninguna razón para que me des trabajo sólo porque un tío abuelo mío se casó con una prima lejana de tu madre. No tengo estudios. De hecho nunca he terminado nada de lo que he empezado, pero si me das la oportunidad no te arrepentirás. Lo intentaré con todas mis fuerzas. Tengo algo que demostrar.

–¿Tienes algo que demostrar?

La voz profunda del hombre sobresaltó a Dan.

–No soy un perdedor.

El hombre detrás del escritorio se puso en pie y lo observó durante un largo momento en silencio con aquellos penetrantes ojos que parecían descubrir todos sus secretos.

–Bueno, siento haberte molestado... –dijo por fin tras el largo e incómodo silencio.

–El lunes a las ocho y media.

Dan abrió la boca, sin poder creérselo.

–¿Qué has dicho?

Santiago alzó una ceja.

–Si quieres el trabajo, ven el lunes por la mañana a las ocho y media.

Dan se dejó caer en la silla más cercana.

–No te arrepentirás –le juró entonces.

Dan había cumplido su promesa. No había tardado en demostrar su valía y, quizá más sorprendentemente, entre los dos hombres enseguida había surgido una estrecha amistad que se mantuvo cuando dos años atrás Dan dejó Morán International para montar su propia empresa.

Dan adoptó una expresión herida al mirar a Santiago en esos momentos.

–Debo decir que tu actitud me parece muy insensible.

–Si por insensible quieres decir que no pasaré el fin de semana entreteniendo a una mujer gorda, aburrida y mentalmente desequilibrada, y estoy citando tus propias palabras, para que tú puedas estar cortejando tranquilamente a tu Rebecca, sí, soy insensible.

–Rachel –le corrigió Dan–, y su amiga no está mentalmente desequilibrada. Sólo ha sufrido una depresión nerviosa o algo así.

–Me lo puedes repetir de mil maneras, pero la respuesta sigue siendo no, Dan.

–Si conocieras a Rachel no serías tan cruel –insistió Dan que no estaba dispuesto a pasar otro día más con su novia y la amiga de ésta.

–¿Es guapa?

–Mucho, y no me mires así. No es un romance pasajero, es la mujer de mi vida. Sé que lo es –insistió indignado al ver la cínica sonrisa que esbozó Santiago al escuchar su romántica admisión–. Y tú deberías ser más comprensivo, teniendo en cuenta... –Dan se interrumpió.

Santiago abandonó su intención de continuar trabajando y se apartó el pelo de la cara con un gesto cargado de paciencia.

–¿Teniendo en cuenta qué?

–¿No vas a casarte?

–Supongo que en algún momento será necesario que lo haga, sí –comentó con ironía.

–Ya sabes a qué me refiero –le dijo su amigo y primo lejano–. ¿No vas a casarte con esa cantante con la que sales fotografiado en todas las revistas?

–Esa cantante tiene un representante con mucha imaginación. Susie no está enamorada de mí.

–Bueno, es que... –empezó Dan con curiosidad.

–No es asunto tuyo –le atajó Santiago, que no permitía que nadie se metiera en su vida privada.

–De acuerdo, pero sigo pensando que no eres razonable. Sólo te pido que pasas el fin de semana en una preciosa casa rural restaurada por mí mismo –continuó insistiendo Dan–. Mira... mira, ésta es Rachel –dijo sacando una foto con los bordes arrugados del bolsillo–. ¿No es preciosa? Y sí, es algo mayor que yo, pero me gustan las mujeres maduras –añadió a la defensiva, poniéndole la foto delante de los ojos.

Con un suspiro Santiago tomó la fotografía de los dedos de su amigo y miró a la mujer alta y rubia que a él le pareció más o menos como todas las mujeres altas y rubias que conocía.

–Sí, es muy... –se interrumpió y palideció al ver a la persona medio oculta por la novia de Dan.

–¿Te encuentras bien? –preguntó Dan con preocupación, al recordar que el padre de Santiago había muerto repentinamente con apenas cincuenta y cinco años de un ataque al corazón.

Dan trató de recordar cuáles eran los cuidados que debían administrarse a una persona cuando sufría un infarto, pero afortunadamente Santiago alzó los ojos y lo miró. Estaba pálido, pero desde luego no al borde de la muerte.

–Estoy bien, Dan –dijo Santiago que no estaba dispuesto a revelar que conocía a la mujer de la fotografía–. Esta mujer, ¿es la amiga de tu novia? –preguntó con cuidada indiferencia.

–Sí, ésa es Lily –admitió el joven sin entusiasmo–. Lleva tres semanas viviendo en casa de Rachel. Son amigas desde hace tiempo, pero desde que está aquí nunca puedo ver a Rachel a solas. Lily siempre está presente. Y creo que no le gustan los hombres. Al menos yo no. Por lo visto, el marido la abandonó y desde entonces está hecha polvo.

–¿Su marido la abandonó?

Dan asintió.

–No estoy muy seguro de los detalles, pero por lo visto eso fue lo que desencadenó la depresión.

–¿Están divorciados? –preguntó Santiago.

–Ya te he dicho que no conozco los detalles. Había invitado a un amigo este fin de semana para que me la quitara de encima, pero el tío ha tenido que pillarse las paperas.

–Qué desconsiderado por su parte –murmuró Santiago con sarcasmo, pensando deprisa, algo que se le daba siempre bien.

–No diré que lo ha hecho a propósito, pero, maldita sea, Santiago, llevó preparando este fin de semana desde hace meses –exclamó, y bajando la voz añadió–: Desde que compré el anillo.

–¿Le vas a pedir que se case contigo? –preguntó Santiago.

Para él, ser amiga de Lily no era la mejor recomendación.

–Seis años no es mucha diferencia.

–Insignificante –coincidió Santiago, divertido al ver que la diferencia de edad era lo único que parecía preocupar a su joven amigo–. Esto cambia las cosas –musitó en voz alta.

–¿Sí?

–Siendo un romántico como soy...

–¿Desde cuándo?

–Haré compañía a esa... Lily.

Dan estaba tan agradecido que Santiago tardó diez minutos en deshacerse de él. Cuando por fin se quedó a solas, Santiago sacó la fotografía que se había metido furtivamente en el bolsillo y la dejó sobre la mesa. Con las manos apoyadas en la superficie de madera se inclinó hacia delante y clavó los ojos en los rasgos de la mujer que apenas se distinguía en el fondo de la imagen.

El pelo de Lily parecía oscuro, pero Santiago sabía que era de un tono castaño claro con una fascinante gama de tonalidades, que iban desde rubio dorado a suave rojizo.

La cara pequeña, bastante más delgada de lo que él recordaba, los ojos azules grandes y sensuales, y la boca suave y seductora no daban la impresión de pertenecer a una mujer con los principios de un gato callejero.

¡Cómo se había burlado de él!

Pero como Santiago se repitió muchas veces en los últimos meses, le quedaba el consuelo de saber que se había librado de ella y no cometió ninguna tontería por culpa de un repentino flechazo.

Él no estaba casado con aquella desalmada sin corazón. Era otro hombre quien disfrutaba de la suavidad de sus labios, otro quien dormía con la cabeza apoyada en los senos suaves y cálidos por las noches. Era otro hombre quien escuchaba sus mentiras y las creía.

«Otro hombre, pero no yo».

Entonces recordó las palabras de Dan y se dio cuenta de que quizá no había nadie disfrutando de las delicias carnales del cuerpo voluptuoso de la mujer. Recordando su sensualidad y su desinhibición, dudaba que la situación durará mucho tiempo.

Se miró las manos, apretadas y con los nudillos

blancos, y giró la cabeza para aliviar la tensión del cuello y los hombros. La había olvidado; lo que le obsesionaba era haber sido tan crédulo con ella que desde entonces dejó de disfrutar plenamente de la vida. La única forma de recuperar el equilibrio era enfrentarse al problema. Necesitaba alcanzar lo que los psicólogos llamaban la total superación del problema, y lo que para sus adentros él llamaba darle su merecido.

Ahora gracias a Dan tenía la oportunidad.

Mirando por la ventana, pensó en cómo utilizar ventajosamente la información que acababa de conocer. Por lo visto Lily estaba pasando por una mala época. Los instintos protectores que surgieron en él al pensar en la vulnerabilidad de la mujer no sobrevivieron más de una décima de segundo.

Sonrió sombríamente. Quizá ahora le tocaba a Lily recoger lo que había sembrado. Aunque también era posible que la depresión nerviosa fuera parte de algún elaborado plan por su parte. Conociéndola, sabía que era capaz de cualquier cosa.

Aunque no tenía nada que demostrar, así confirmaría lo que ya sabía: que la había olvidado.

—Has estado llorando.

Lily, que creía estar sola, dio un respingo y se secó una furtiva lágrima antes de levantar la cabeza.

—No —murmuró forzando una sonrisa—, es esta maldita alergia.

Su amiga suspiró.

—Tú no tienes alergia, Lily —le aseguró Rachel dejando el bolso de marca en el suelo y quitándose los altos zapatos de tacón.

–Ahora sí –insistió Lily.

Rachel arqueó las cejas y suspiró.

–Si tú lo dices –dijo frotándose primero un pie dolorido y después el otro contra las esbeltas pantorrillas–. Bueno, ¿qué vamos a hacer esta noche?

–Me apetece acostarme pronto, la verdad.

–¿Acostarte pronto? Eso es lo que has hecho toda la semana –exclamó Rachel.

Lily llevaba una vieja camiseta ancha que no le hacía justicia. Raquel pensó en tirarla a la basura y ponerle algo más ceñido y escotado; sí, un buen escote en pico, quizá en un tono pastel, un suave azul ahumado que resaltara el color de sus ojos.

–Ya es hora de que te sueltes un poco la melena, Lily. Nos haría bien a las dos.

Lily reparó por primera vez en las arrugas de cansancio que se habían formado alrededor de los ojos de su amiga.

–¿Has tenido un mal día?

–A veces no sé por qué me hice contable –reconoció Rachel, frotándose las sienes.

–¿Por la pasta?

Rachel sonrió.

–Me lo pagan bien porque lo hago muy bien. Y no me molestaré en intentar explicar a alguien que ni siquiera sabe usar una calculadora que los números son sexys. Bien, sobre esta noche. Dan tiene un amigo encantador, soltero, solvente... claro que no es Brad Pitt, pero...

–¿No se puede pedir peras al olmo? –terminó Lily por ella.

–Iba a decir «Brad Pitt sólo hay uno», pero ya que has sacado el tema, Lily, tienes que ser realista –dijo, mirando el rostro pálido y demacrado de la mujer más joven–. Claro que teniendo en cuenta que tu sistema de cuidados faciales consiste en echarte agua y jabón debo reconocer que tienes una piel asquerosamente perfecta –observó con una envidia sana–. Con un poco de maquillaje disimularías esas pecas –le aseguró mirándola al puente de la nariz–. Aunque a algunos hombres les gustan las pecas. ¿Llamo a Dan y le digo que...?

–¡No! –exclamó Lily, y acto seguido añadió con voz más calmada–: No. Te agradezco la intención, pero no, de verdad, un hombre es lo último que necesito.

–Necesitar y querer no son siempre la misma cosa.

–Esta vez sí –le aseguró Lily.

Rachel la miró con exasperación y después echó un vistazo a un mensaje en su móvil antes de metérselo de nuevo en el bolso.

–De hecho, estaba pensando que ya es hora de que me vaya a mi casa.

Su casa... pero ¿por cuánto tiempo más? El hogar conyugal estaba a la venta, y según el agente inmobiliario había una pareja aparentemente interesada, aunque teniendo en cuenta lo sucedido el día que fueron a visitar la casa parecía prácticamente un milagro.

Lily recordó lo ocurrido hacía tres semanas. Rachel había aparecido inesperadamente en su casa cuando estaba enseñándosela a unos posibles compradores. Su amiga la miró, miró a la sorprendida pareja y con toda tranquilidad les informó de que tendrían que volver otro día. Después los acompañó hasta la puerta.

A continuación, Rachel recogió algunas cosas de

Lily en una bolsa, buscó a alguien que se ocupara del gato y pidió a una vecina que le regara las plantas.

El cambio le había sentado bien y ahora, a pesar de las lágrimas de aquella tarde, Lily se sentía menos frágil. Menos... desconectada de todo cuanto la rodeaba. Pero ahora que tenía de nuevo los pies en el suelo, estaba llegando el momento de reflexionar y tomar decisiones difíciles. Ahora se daba cuenta de que llevaba meses viviendo en un limbo; ni siquiera había buscado un lugar para vivir. Se había limitado a firmar todo lo que le fue enviando el abogado de Gordon.

Sí, ya era hora de tomar las riendas de su vida.

Pero Rachel no estaba de acuerdo.

–No puedes irte a casa. Tengo cosas planeadas.

Lily, a quien no le gustó el sonido de «cosas», frunció el ceño con suspicacia.

–¿Qué cosas?

Rachel fingió no haberla oído.

–Cielos, estos zapatos me están matando –se quejó, sujetando uno de los altos zapatos de aguja que llevaba.

–Pues no te los pongas –dijo Lily, que no era tan esclava a de la moda como su amiga.

–¿Cómo que no? Me hacen unas piernas de cine.

–Tus piernas son de cine con botas de lluvia, Rachel –le aseguró Lily sonriendo.

–Sí, ¿verdad? –las estiró hacia delante y las contempló complacida.

Lily sonrió.

–Pero no hablemos más de mis piernas –dijo, y dándose una palmada en el muslo bronceado bajo la minúscula minifalda que llevaba, se concentró en Lily, a quien observó en silencio durante unos minutos.

A Rachel le resultaba muy difícil entender el se-
cretismo de Lily. Si ella hubiera sufrido tanto como
su amiga, le gustaría poder contárselo a alguien para
desahogarse, pero no Lily. Apenas le había contado
nada de los terribles sucesos en su vida en el último
año.

–¿No crees que te sentirías mejor si hablaras de
ello?

Ambas sabían a qué se refería: al divorcio de Lily,
la tinta todavía estaba húmeda, y el inesperado
aborto unos meses antes.

Capítulo 2

POR UNA décima de segundo Lily se sintió tentada a sincerarse con Rachel, pero el impulso pasó rápidamente.

Rachel no conocía ni la mitad de lo sucedido, y la verdad era tan sorprendente e inesperada que Lily ni siquiera podía anticipar la reacción de su tolerante amiga.

Además, las costumbres de toda una vida eran difíciles de cambiar, y Lily siempre recordaba las impacientes palabras de su abuela cada vez que ella mostraba sus sentimientos. «A nadie le gustan los quejicas», le solía decir cada vez que la niña hacía amago de llorar o protestar por algo. Así Lily aprendió a no quejarse y sus lágrimas eran siempre a puerta cerrada.

–No hay nada de qué hablar –dijo Lily poniéndose una mano en la curva del vientre.

Entonces descubrió con sorpresa que había perdido buena parte de las suaves y femeninas redondeces que siempre había detestado.

Las redondeces que a Santiago le resultaban tan sexys y femeninas.

Lily sabía por experiencia que algunas veces era inútil intentar luchar contra los recuerdos y que era preferible dejarlos aflorar. Apenas consciente de la voz de Rachel, sintió que se le cerraban pesadamente los ojos al permitir que las agridulces sensaciones del pasado la recorrieran de la cabeza a los pies.

Recordó perfectamente el calor en los increíbles ojos masculinos al alzarle la barbilla hacia él y esbozar una lenta y sensual sonrisa a la vez que la atraía contra él y le murmuraba al oído:

–«Una mujer debe tener formas suaves y redondeadas, no duras y angulosas».

Era humillante pero doce meses después del primer y apasionado beso todavía era incapaz de recordarlo sin sentir palpitaciones.

–¿Y bien?

La impaciente voz de Rachel la devolvió al presente. Se pasó la lengua por las gotas de sudor en el labio superior y sonrió a su amiga, a la vez que se frotaba las palmas húmedas en los vaqueros.

–Perdona, yo...

«¿Soy ridícula y vivo en el pasado? ¿Soy incapaz de meterme en la cabeza que nunca me quiso? ¿Las dos cosas a la vez?»

–No me estabas escuchando –protestó Rachel–. No tienes muy buena...

–Estoy bien –le aseguró Lily apartando las imágenes del hombre de la mente y esbozando una sonrisa que no sentía.

–Lo que necesitas es una copa de vino –decidió Rachel–. No te muevas –la rubia fue descalza al enorme frigorífico de acero inoxidable de la cocina y un momento después volvió con una botella de Chardonnay y dos copas–. Una noche agradable en casa, sí, no me importa –le aseguró a su amiga entregándole una copa–. ¿Qué pondrán hoy en la tele? –preguntó.

Después de servir ambas copas, buscó el periódico y empezó a pasar las páginas apenas ojeando las fotografías. De repente se detuvo y bajó la página a la mesa

—Vaya, aquí hay algo que no me importaría encontrar entre mis regalos de Navidad —comentó con una lasciva sonrisa.

—Creía que estabas enamorada de tu delicioso Dan —rió Lily, estirándose por encima del hombro de su amiga para intentar ver a quién se refería.

—Estoy enamorada, no ciega —protestó Rachel—. Te aseguro que éste es un tipo que no usa una caja de zapatos para archivar las declaraciones de Hacienda. Mira qué boca y qué ojos...

—¿No me digas que puedes adivinar el sistema de archivado que utiliza por el color de los ojos? —bromeó Lily.

—No, eso lo sé porque aparece siempre en las páginas económicas de los periódicos. ¿Será tan guapo en la vida real? —se preguntó mirando divertida a su amiga—. Y no me digas que es la iluminación.

Lily se quedó helada al ver la foto a media página de un hombre de ojos negros y expresión seria. Sabía que ni la iluminación ni nada podían captar el magnetismo y la sensualidad del hombre en la vida real.

Consciente de que su amiga esperaba algún tipo de respuesta por su parte, Lily se aclaró la garganta.

—Tiene algo —reconoció, leyendo el titular.

Morán vuelve a dejar a sus rivales calculando sus pérdidas.

«Igual que a mí», pensó ella.

—¿Cómo que tiene algo? —exclamó Rachel—. Está buenísimo, para comérselo, te lo aseguro. Este hombre —continuó su amiga apuntando la foto con el dedo–, no sólo tiene pinta de ser deliciosamente malo en la cama...

«Nunca volveré a burlarme del instinto de Rachel», decidió Lily. Aunque el hombre además de ser deliciosamente «malo» en la cama también podía ser exquisitamente tierno y apasionadamente entregado. Lily se llevó las manos al estómago para controlar la fuerte contracción de dolor que la hizo doblarse ligeramente por la cintura.

–... sino que además es un mago de las finanzas. Se llama Santiago Morán. Es italiano o...

–Español –dijo Lily en un hilo del voz–. Es español.

«Y yo lo he olvidado por completo», se aseguró para sus adentros tratando de aliviar la presión que sentía en el pecho apretando con fuerza las manos.

–Sí, es verdad. ¿Desde cuándo lees las páginas de economía, querida? –se burló Rachel.

–También sale en las secciones de prensa amarilla –dijo ella, luchando por ocultar la amargura que sentía al recordar la imagen de la estrella del pop Susie Sebastián sonriendo sensualmente al hombre que estaba a su lado.

–Eso lo explica. Sabes, creo que pasaré mis próximas vacaciones en España. Nunca se sabe, a lo mejor me lo encuentro y me hace apasionadamente el amor.

Lily cerró los ojos. Ante ella, apareció la imagen de Santiago desnudo en su cama y, un poco más allá, la cortina de la ventana que fluía suavemente mecida por la brisa del atardecer.

–¿Cinco días seguidos? –murmuró.

–Eh, que ésta es mi fantasía. Invéntate tú la tuya si quieres –protestó su amiga, divertida.

Lily se ruborizó, y Rachel soltó una risita.

–A ti tampoco te importaría, ¿eh?

«Ni te lo imaginas», pensó Lily.

Cuando salió del hospital Lily pensó que jamás sería capaz de volver a sentir nada, y ahora se dijo que quizá no habría sido tan terrible. Al menos sería mejor que sentir sólo dolor y vacío. Oh, ¿cuándo volverían las cosas a la normalidad? ¿Cuándo podría volver a ser la bibliotecaria con una vida tranquila en una ciudad costera cerca de Devon, en el suroeste de Inglaterra?

No pudo evitar pensar cómo habría sido su vida si aquella mañana no hubiera decidido bajar a la piscina a darse un baño. En aquel momento le pareció una buena forma de despejar la cabeza tras una noche de insomnio en la lujosa suite nupcial de un hotel español de cinco estrellas.

Habría sido comprensible si lo que la mantuvo despierta estuviera relacionado con su marido ausente, el marido que no respondió a sus llamadas desde el aeropuerto minutos antes de tomar sola el avión; el mismo que la mañana anterior le envió un mensaje de texto en el que le comunicaba que por motivos de trabajo no podía acompañarla, y que tampoco podría reunirse con ella más adelante.

Gordon nunca sabría que después de recibir su mensaje Lily, decidida a disfrutar de sus vacaciones, se había apuntado a una excursión a la maravillosa ciudad renacentista de Baeza, uno de los muchos lugares que la enamoraron perdidamente de Andalucía.

Allí, después de recorrer algunas de las estrechas callejuelas del casco histórico, tardó un poco en ubicar a una pareja de turistas ingleses de mediana edad que paseaban por la plaza principal de la ciudad andaluza. Por fin, detrás de los pantalones cortos y las camisas estampadas, logró reconocer a un compañero de trabajo de Gordon y a su esposa con los que había coincidido en algunas celebraciones de la empresa.

—Matt... Susan —llamó a la pareja.

Los tres intercambiaron unas palabras de cortesía y después el hombre preguntó con curiosidad:

—¿No está Gordon contigo?

—No, no ha podido venir.

—No me extraña —confesó el hombre—. Tiene que estar hasta las orejas con su nueva aventura empresarial. Al principio cuando me dijeron que dejaba la empresa no me lo podía creer. Pensaba que era uno de los fijos de la empresa, igual que yo.

Milagrosamente la sonrisa de Lily se mantuvo perfectamente paralizada.

—Yo también, Matt.

—Y eso que tenía el ascenso asegurado.

Lily asintió con la cabeza.

—Me lo había mencionado, sí.

Por lo visto una de las pocas cosas que le había mencionado.

—Pero me alegro por él. A veces hay que saber tomar riesgos —miró al otro lado de la plaza—. ¿No es aquél tu grupo?

—Oh, sí, ya se van. Encantada de veros.

Totalmente ajeno a que sus palabras habían puesto de manifiesto la falsedad y las mentiras de su matrimonio, Matt se despidió diciendo:

—Saluda a Gordon de mi parte y dile que le deseo toda la suerte en el futuro.

«Cuando lo vuelva a ver la va a necesitar», pensó ella.

—Lo haré —prometió en voz alta con una sonrisa.

Por supuesto que sabía que su matrimonio atravesaba por un mal momento, pero nunca había sospechado hasta entonces que fuera insalvable.

«Mi marido lleva una doble vida de la que yo no sé nada. ¿Qué demonios está tramando?»

A la primera oportunidad Lily se apartó del grupo y buscó refugio en una de las maravillosas plazas de la ciudad. Se sentó en una terraza y pidió un café, aunque enseguida cambió de idea y pidió vino. El dueño del bar le trajo una botella de vino tinto y le sirvió una copa, mientras ella pensaba qué debía hacer. Lo primero que necesitaba era un plan de acción.

Podía empezar a gastar sin control hasta superar los límites de las tarjetas de crédito, lo que sin duda era el mayor disgusto que podía darle a Gordon. Éste tenía una profunda y estrecha relación con su cartera, casi mística; de hecho, llamando a las cosas por su nombre, era el hombre más tacaño que había conocido.

Claro que también podía tomar el primer avión de vuelta a Inglaterra para pedirle explicaciones, aunque quizá no fuera tan buena idea porque, tras lo sucedido, ya no estaba tan segura de querer salvar su matrimonio.

No pudo evitar la sospecha de la existencia de otra mujer. Lily sabía que no sería la primera.

Se planteó la posibilidad de acostarse con el primer hombre guapo que viera. Sería una buena venganza, aunque probablemente su audacia estaba alimentada por las dos copas de vino que ya había tomado. ¿Y qué? Al menos la ayudaba a sentirse atrevida y más segura de sí misma, no como una pobre víctima.

Cuando terminó la botella todavía no había tomado ninguna decisión. El amable dueño del bar se ofreció a pedirle a un taxi y ella aceptó.

«A cuenta de Gordon», pensó.

Después de dormir toda la tarde, Lily no esperaba dormir aquella noche, y no durmió, pero no por el motivo que había imaginado. No, todas las preocupaciones sobre el mentiroso de su marido y sus misteriosas aventuras empresariales se desvanecieron por completo cuando vio los rasgos morenos y cincelados de un perfecto desconocido.

A la mañana siguiente, la soledad de la piscina y el ejercicio tuvieron el deseado efecto terapéutico, o eso creyó ella entonces. Después de nadar unos cuantos largos logró encontrar una explicación para lo sucedido en el restaurante del hotel la noche anterior. Fue víctima de un arranque de pasión repentina e incontrolable, algo que no le había sucedido nunca, y no merecía la pena darle más vueltas.

De hecho tampoco hizo nada. No fue un pecado de acción, sino de pensamiento. Y tenía la sospecha de que cualquier mujer habría reaccionado igual al ver a aquel hombre alto y lleno de energía con una sonrisa tan sensual y una voz grave y acariciadora.

Lo cierto era que apenas fue capaz de pronunciar dos palabras en su presencia. Y respecto al escalofrío que tuvo cuando sus miradas se encontraron y el extraño vínculo que sintió entre ambos, se dijo que eso no ocurría entre dos desconocidos, sino que era un mero producto de su imaginación.

Dejando a un lado las fantasías sensuales, el breve encuentro había sido prácticamente inexistente.

Tendida de espaldas en el agua, no pudo evitar recordar el momento que lo vio, y cuando la imagen del hombre cristalizó ante ella Lily aspiró profundamente.

Los pómulos eran perfectos, altos y cincelados; la nariz recta y orgullosa; la mandíbula fuerte; los ojos oscuros y ardientes, y la boca firme y sensual, una boca que seguramente había alimentado innumerables fantasías en muchas mujeres.

Sentada en la mesa la noche anterior, estaba escuchando a la pareja mayor que le había invitado a sentarse a cenar con ellos, cuando lo vio en el umbral de la puerta.

Una figura alta y morena enfundada en un traje de lino en color pálido y una camisa con el cuello desabrochado que dejaba ver un tentador trozo de piel morena.

Ella no fue la única en volverse a mirarlo, pero sí la que continuó mirándolo más rato sin poder evitarlo. El desconocido era sencillamente espectacular, con su más de metro noventa de estatura, su elegante porte y sus rasgos de una belleza clásica pero fuerte y orgullosa.

Lily permaneció un rato con los ojos en los labios sensuales hasta que por fin logró desviar los ojos, pero en el proceso sus miradas se encontraron y durante una décima de segundo el resto del salón comedor se desvaneció y ella sintió una ligera sacudida eléctrica por todo el cuerpo.

En ese momento se sintió abrumada por una sucesión de emociones que no reconocía ni entendía. Pálida y temblando clavó los ojos en el suelo de mármol mientras el corazón continuaba latiéndole desbocado y el instinto le decía que el hombre se acercaba con pasos firmes a su mesa. Cuando él llegó a su lado, ella tenía todos los nervios en tensión.

Ni siquiera ahora podía recordar el momento sin que se le acelerara el pulso. No podía respirar ni moverse. Y por supuesto, cuando él pasó junto a ella, casi ni la miró. Como si fuera invisible, el hombre apoyó la mano en el hombro del anciano sentado a su lado y lo saludó cordialmente, como si lo conociera de toda la vida. Lily se sintió como una tonta.

Capítulo 3

DESPUÉS de intercambiar unas palabras de cortesía con la pareja que eran clientes asiduos del hotel, el atractivo desconocido se alejó. Más tarde Lily supo quién era: se llamaba Santiago Morán y era el propietario del hotel, y por lo visto de muchas cosas más.

Pero apenas le había dirigido una mirada y una breve inclinación de cabeza a modo de saludo, insuficiente desde luego para alimentar toda una noche de fantasías y de insomnio.

A la mañana siguiente en la piscina, Lily salió del agua sacudiendo la cabeza por su ridícula reacción de la noche anterior y se sentó en el borde, con las piernas dobladas y las rodillas en la barbilla, los ojos cerrados y la cabeza hacia atrás para atrapar el calor de los primeros rayos del sol.

Cuando abrió los ojos, la causa de su noche en vela, Santiago Morán, estaba parado a su lado mirándola.

–Buenos días. Espero que hayas dormido bien –dijo él en un tono formal que contrastaba con el brillo inquieto y febril que Lily vio en sus ojos durante una décima de segundo antes de que él los cubriera con las gafas de sol de marca que llevaba en la cabeza.

Lily no dijo nada, en parte porque verlo quitarse la

camisa la había dejado sin habla, pero continuó mirándolo sin ocultar el efecto que los movimientos de
los músculos masculinos al alzar el brazo y echarse
el pelo hacia atrás tenían en ella.

–Yo no he dormido nada –reveló él sin esperar su
respuesta.

–Lo siento –dijo ella, pensando que no tenía pinta
de haber pasado una mala noche.

De hecho, rezumaba vitalidad por todos los poros,
¿o era testosterona? Algo se tensó en su pelvis y trató
de concentrarse en los labios sensuales que esboza-
ban una sexy sonrisa dirigida a su persona.

«Mala idea», se dijo. «Y no babees, sé objetiva,
Lily», se advirtió con severidad.

–¿Has nadado a gusto? –continuó preguntando él
a la vez que se bajaba una cremallera de los vaqueros
y dejaba al descubierto un estómago liso con los
músculos perfectamente definidos y una hilera de vello oscuro que se perdía por la cintura.

–Ya me iba –dijo ella.

¿La había estado observando? Un estremecimiento recorrió todo su cuerpo y Lily alzó un brazo
para cubrirse los pezones erizados bajo el bañador
mojado. Se puso de rodillas justo a la vez que la tela
desgastada de los vaqueros descendía por las piernas
masculinas.

Lily pudo evitar ver los muslos musculosos cu-
biertos de una suave capa de vello moreno; de hecho
apenas podía apartar la vista. Aunque lo intentó. El
hombre era un auténtico Adonis, y ella recordó que
en aquel momento se sintió rara, torpe y gorda en
comparación con el cuerpo esbelto y firme que se estaba descubriendo ante sus ojos.

–Este verano quería adelgazar –explicó, sintiendo

la ridícula y repentina necesidad de disculparse por su aspecto físico.

Las cejas de Santiago se arquearon, pero las gafas le tapaban los ojos y era difícil adivinar qué estaba pensando.

Lily sonrió como en un intento de demostrar que estaba cuerda.

—Pero ya sabes cómo es.

«Idiota, por supuesto que no lo sabe», se dijo, con toda su atención irresistiblemente de nuevo en el cuerpo masculino que había quedado cubierto sólo por un bañador negro.

—¿Para qué quieres adelgazar?

Lily no se tomó la perplejidad de Santiago en serio.

—Eres un hombre muy educado, pero sé que estoy gorda —explicó ella con toda naturalidad—. Ni siquiera puedo echarle la culpa a los genes; por lo visto mi madre era delgada.

A su abuela, que como mucha gente identificaba el exceso de kilos con la pereza, le gustaba comentar con cierta frecuencia que desafortunadamente Lily no había heredado la belleza de su madre.

—¡Gorda! —la incredulidad de Santiago dio paso a una carcajada cálida y profunda acompañada de una sensual mirada por todo el cuerpo femenino—. ¡Tú no estás gorda! —le aseguró con un gesto.

Y sin avisar, se puso en cuclillas delante de ella hasta que sus ojos quedaron prácticamente al mismo nivel y le sujetó la barbilla.

—Lo que eres es suave... —dijo con una voz profunda y aterciopelada, sonriendo. Deslizó el pulgar hacia arriba y le acarició el pómulo—, y sensual —detuvo la mirada en los labios femeninos ligeramente entreabiertos–. Y muy, muy femenina. Un cuerpo como el tuyo siempre despierta la admiración de los hombres.

Gordon no compartía su opinión.

–No todos los hombres –dijo ella, con franqueza.

Santiago desechó esa insignificante minoría con un encogimiento de hombros.

–¿Por qué eres tan cruel contigo? –pregunto él retirando la mano.

–No soy cruel conmigo –protestó ella, poniendo el dorso de la mano en la piel que él había rozado con la suya.

–Yo diría que es una costumbre muy arraigada.

–Ésa soy yo, un caso perdido. Escucha, ha sido muy agradable hablar contigo... –surrealista más bien. El misterio no era por qué se sentía profundamente atraída por él, sino por qué él fingía sentir lo mismo hacia ella–. Pero tengo que...

–No un caso perdido –la interrumpió él–. Un buen amante, alguien que te enseñe a disfrutar de tu propio cuerpo, podría curarte.

Lily, que había empezado a ponerse en pie, se hundió de nuevo al sentir que se le doblaban literalmente las rodillas.

–¿Te estás ofreciendo? –preguntó ella tratando de sonar irónica, aunque en realidad sólo estaba humillantemente esperanzada.

–¿Y si así fuera estarías interesada?

Lily no sonrió; el miedo la había paralizado. Tomarlo en serio sería un gran error y una clara humillación.

–Supongo que esto es lo que a ti te parece una broma –le espetó ella.

–No me estoy riendo –observó el.

Lily, que ya se había dado cuenta de ese detalle, tragó saliva. Había una intensidad en él que ella no entendía, pero que la excitaba terriblemente y la obligaba a continuar mirándolo. Él se pasó una mano por el pelo. Tenía los dedos largos y bronceados, sensibles, pero fuertes. Y unas manos que cualquier mujer desearía tener sobre la piel desnuda del vientre... y otras partes también.

–¿No conociste a tu madre?

Ella lo miró perpleja ante el cambio de conversación.

–Has dicho que por lo visto tu madre era delgada –le recordó él.

–¿Sí? –Lily frunció el ceño.

–Sí, hace un momento.

–¿Quieres dejar de hacer eso? –le espetó ella de repente, colocándose bien la toalla.

–¿El qué?

–Mirarme al escote –dijo ella.

La noche anterior el hombre la había dejado en blanco, esta mañana la estaba desvistiendo mentalmente sin el menor disimulo. ¿Qué demonios estaba ocurriendo?

–Tranquila –dijo él con una breve risa–. Puedo hablar de tu familia y admirar tu cuerpo a la vez.

–No tengo ninguna intención de hablar de mi familia contigo –replicó ella, curiosa.

Una astuta sonrisa se abrió en la cara morena y delgada.

–Entonces me conformaré con admirar tu cuerpo.

Lily dejó escapar un gemido de frustración y sintió el goteo de agua deslizándose entre los senos.

«Lo que necesito es una ducha de agua fría», se dijo.

Desafortunadamente, el proceso mental de enfriamiento corporal se vio obstaculizado por el añadido de un cuerpo masculino mojado y suave en la imaginaria ducha con ella.

—Tampoco quiero que hagas eso.

—¿Ah, no?

Por costumbre y siempre que fuera posible, Lily prefería no responder a responder con una mentira.

—¿Siempre acosas así a los clientes del hotel? —preguntó ella con voz ronca.

Lentamente él negó con la cabeza.

—No, esto es una experiencia totalmente nueva para mí.

Lo peor de todo era que ella quería creerlo.

—Para que lo sepas, mi madre me dio a luz y después me dejó con mi abuela, que fue quien me crió. No la he visto nunca, nunca, y en cuanto a mi padre no sé quién era, pero lo más probable es que mi madre tampoco lo supiera.

«¿Por qué demonios le he contado eso?»

Lily fue a ponerse en pie furiosa. Aquello tenía que ser un juego.

—No juego —masculló con los dientes apretados.

En su opinión, era imposible que un hombre con un cuerpo perfecto, musculoso y esbelto como Santiago encontraba algo de admirar en sus generosas curvas.

Soltó un gritito al notar que le arrancaban la toalla que estaba sujetando.

—¡Devuélvemela! —le suplicó con voz ronca.

Él negó con la cabeza, echó la toalla al agua y se quitó las gafas, sin dejar de mirarla.

—No me has preguntado por qué no pude dormir anoche.

La voz, ronca e intensa, arrancó un gemido de su garganta, adonde Lily se llevó una mano para tratar de contenerla, pero fue demasiado tarde.

—Tengo entendido que la leche caliente funciona muy bien.

El invaluable consejo provocó un ligero espasmo en la boca masculina, pero no alteró la expresión intensa y apasionada de sus ojos.

—Anoche no dormí porque estuve pensando en ti, y ahora había bajado a refrescarme y estás aquí. ¿Crees en el destino?

Lily descubrió que creía en cualquier cosa sugerida por aquella voz cargada de deseo y pecado.

—Tengo que irme... —«esto es mera atracción física y será mejor olvidarlo»—. Tardo años en secarme el pelo; lo tengo muy...

—Tienes una melena abundante y luminosa —la interrumpió él acariciando unos mechones húmedos con los dedos.

—¿Tú crees? —balbuceó ella débilmente.

—Lo creo.

Lily sacudió a la cabeza tratando de inyectar cierta cordura a la situación.

—No, es muy del montón.

—Ya veo que vamos a tener que trabajar en esa autoestima.

—¿Vamos? De vamos nada. Esta conversación es de locos. ¡No te conozco! —protestó ella débilmente, que sentía todas sus defensas en fase de desintegración.

—¿Y qué tiene eso que ver?

—Claro que tiene que ver —respondió ella, mirándolo con expresión perdida a los ojos.

—No tiene nada que ver —insistió él—. ¿Puedes ne-

gar que entre los dos hay algo increíble y especial?
–insistió tomándola por los hombros–. No puedo mirarte sin desear hundirme en tu suave cuerpo y perderme en ti.

–¡No puedes decirme una cosa así! –exclamó ella,
a la vez que pensaba: «¡Hazme lo que quieras! ¡Sin
esperar, ahora mismo!»

Él se echó a reír con un sonido que le puso todo el
vello del cuerpo de punta.

–Pues acabo de decirlo –sonrió, y no se apartó
cuando Lily, incapaz de resistir la tentación por más
tiempo, alzó una mano y le acarició el pómulo–.
Quiero verte y acariciarte –dijo.

Los ojos de Santiago no se apartaron de los suyos
ni un momento mientras le tomó los dedos y se los
llevó a los labios.

–Y lo tendrás –le prometió él–. Si eso es lo que
quieres.

Lily asintió con la cabeza.

–Creo que sí, no sé...

Santiago le giró la mano y dibujó unos círculos en
la palma con el pulgar antes de tocar el anillo de boda
que llevaba en el dedo.

–Pero estás pensando en tu marido.

Capítulo 4

«NO ESTOY pensando en él, pero debería».
Lily retiró la mano de golpe. El comentario no sólo estropeó el momento, sino que le echó un jarro de agua fría que terminó con él definitivamente. Lo cual era mucho mejor, se dijo. Aunque su matrimonio fuera una auténtica farsa, ella seguía estando casada y las repetidas infidelidades de su marido no le permitían comportarse de la misma manera.

No supo cómo, pero parecía que Santiago sabía desde el principio que era una mujer casada, y el hecho de que no pareciera importarle en absoluto la hizo sentir asco.

Claro que ella no estaba en disposición de reprochárselo. No podía decirse precisamente que hubiera salido huyendo de él.

—No deberías sentirte mal.

¿Mal? Debería sentirse hundida. Aunque era evidente que él tampoco era un hombre de principios.

—No espero que lo entiendas –logró decir ella con desdén.

¿O había intentado seducirla precisamente porque estaba casada? Lily sabía que algunos hombres buscaban precisamente a mujeres casadas porque no querían establecer relaciones serias.

—Lo entiendo, y lo que sientes es natural –la tranquilizó él.

La compasión en su tono de voz aumentó la ira de Lily.

—Esto lo haces a menudo, ¿verdad? —dijo y volvió la cabeza.

Asimismo, cuando sintió la mano que él le puso suavemente en el brazo, ella la apartó.

—Creo que lo estoy haciendo muy mal —lo oyó comentar.

Lily levantó la barbilla.

—Siento que las cosas no hayan salido como tenías planeado.

Santiago estudió el rostro femenino durante unos momentos antes de continuar.

—Es natural sentir cierto grado de remordimientos, sentir como si estuvieras siendo infiel al recuerdo de tu marido...

Lily lo miraba con incredulidad. Aquel hombre no tenía ni una pizca de sensibilidad.

—Respeto lo que sientes, de verdad —insistió el hombre—. En una época en la que se da tan poco valor a los votos matrimoniales, tu devoción es admirable.

Entonces fue cuando Lily empezó a entender sus palabras y llegó a la más disparatada de las conclusiones: Santiago tenía la extraña idea de que era viuda.

—Pero tú estás viva, querida, y eres una mujer hermosa y apasionada, con toda la vida por delante —Santiago le enmarcó la cara con las manos—. Estoy seguro de que a tu marido le habría gustado verte feliz. Y aunque ahora no me creas, también sé que algún día volverás a enamorarte. Y hasta entonces...

«¿Hasta entonces?»

Santiago dejó caer las manos a los lados.

–... tendrás necesidades y apetitos...

–¿Y ahí es donde entras tú?

¿Por qué se sintió tan desilusionada al oírlo? Le estaba diciendo que lo único que quería de ella era llevarla a la cama. Al menos era sincero.

–No vas a negar la atracción que existe entre nosotros –dijo él.

Lily sacudió la cabeza y se preguntó qué diría si supiera que nunca había sentido con nadie ni de lejos lo que estaba sintiendo con él.

–No tengas miedo de vivir.

–No lo tengo –dijo ella, y se dio cuenta de que por primera vez en mucho tiempo era cierto. Respiró profundamente y decidió que ya era hora de decir la verdad–. Y respecto a mi marido, te equivocas. Estoy más que furiosa con él.

–Tengo entendido que es frecuente sentir rabia hacia una persona amada que fallece. Es una forma de culparlos por abandonarte.

Con los ojos cerrados, Lily suspiró y echó a la cabeza hacia atrás.

–No, mi marido no está...

Un nervio se contrajo en la mejilla de Santiago al interrumpirla.

–Seguimos llevando a los seres queridos en nuestros corazones, pero llega un momento en que tenemos que seguir con nuestras vidas.

Lily, que hubiera preferido meter a Gordon en un sótano húmedo, sin luz y lleno de ratas en vez de en su corazón, lo miró tratando de adivinar de dónde había sacado la idea de que era viuda.

–¿Qué te hace pensar que mi marido ha muerto?

–Lo sabe todo el mundo.

–¿Lo sabe todo el mundo? –repitió estupefacta.

Oh, cielos, eso explicaba las miradas comprensivas y lastimosas de muchos de los empleados del hotel. Para ellos era una valiente viuda en una especie de peregrinación romántica.

«Ahora entiendo por qué son todos tan amables conmigo».

—Sé que en los hoteles reina el anonimato, pero una mujer sola en la suite nupcial da lugar a conjeturas. El personal sabía que la reserva la hizo tu marido, y cuando apareciste sin él empezaron a especular.

—Cualquiera diría que no tenían nada mejor que hacer —le espetó ella.

—Y además le dijiste a Javier...

—Yo no le dije nada a Javier. ¿Qué Javier? No conozco a ningún Javier —se interrumpió de repente—. Oh, no. ¿Te refieres al chico de la recepción?

—El chico de la recepción tiene un hijo de tres años, pero, sí, a veces trabaja en la recepción. Es ayudante de dirección.

Lily no estaba escuchando No, estaba más bien recordando que casi se le saltaron las lágrimas cuando, el día que llegó al hotel, el joven recepcionista le preguntó cuándo se reuniría su marido con ella.

—No vendrá —había dicho ella, dándose cuenta de que Gordon nunca había tenido intención de hacerlo—. Me ha dejado. Me ha dejado para siempre.

Lily se hizo un ligero masaje en las sienes con los dedos. Ahora sólo le quedaba explicarle que su marido estaba vivo y que por lo tanto ella no podía aceptar su invitación.

—¿Quieres desayunar conmigo?

—¿Qué?

—Desayunar. No aquí, si eso te molesta. Conozco un sitio a media hora de aquí. Para llegar hace falta un todoterreno, pero créeme, merece la pena. El lugar es maravilloso y las vistas increíbles –le aseguró–. La comida no es muy exquisita, pero está preparada con productos frescos. Luis tiene un horno de leña y se pueden comer al aire libre.

Santiago pareció tomar el silencio como una aceptación, porque acto seguido dijo:

–Te veo en la entrada dentro de... ¿veinte minutos? –y con una sonrisa se lanzó de cabeza al agua.

–Tienes todo el derecho a sentirte mal.

–¿Qué...? –Lily tardó unos segundos en volver al presente y alejar de sus pensamientos al hombre que le dijo, a modo de despedida, que se fuera al infierno.

Y desde luego lo había conseguido.

Aunque afortunadamente ahora ella estaba ya de vuelta del infierno. Había logrado sobrevivir a casi un año de dolor y soledad, pero lo que no sabía era si alguna vez las cosas volverían a la normalidad.

–He dicho que tienes todo el derecho a sentirte mal –repitió Rachel –. ¿No estarás enferma? –preguntó mirándola con preocupación–. Estás muy alterada y tienes la cara roja.

–No, estoy bien –mintió Lily–. Ahora hace más calor y este jersey es un poco...

–Es espantoso –terminó Rachel por ella–. No quiero ser grosera, pero esa pinta de vagabunda no te beneficia para nada.

–Esto es estilo informal.

–No, es un horror –negó Rachel–. Si te esforzaras un poco seguro que te sentirías bastante mejor. Yo, cuando estoy deprimida, me voy de compras y al menos así se me olvida un rato y me animo.

–Las compras compulsivas no son la respuesta a todo –repuso ella.

–Por supuesto que no –coincidió Rachel, que no era tan frívola como en ocasiones podía parecer–. Y claro que sé que un par de zapatos nuevos no arregla las cosas, pero... Cielos, Lily, tú tienes más derecho que nadie a hundirte después de todo lo que te ha pasado. Si yo llego a perder al niño y a Gordon, ese cerdo que se largó con la hija de pu...

Lily no quería hablar de Gordon, ni de su novia, ni del niño. Sobre todo de quien no quería hablar era del niño.

–¿Me estoy hundiendo? –la interrumpió.

–Quizá un poco. Dime, ¿no odias a Gordon? Si estuviera en tu lugar me gustaría...

–No insistas, Rachel. Gordon no es el único malo de la película – dijo Lily–. Y Olivia no tiene la culpa. Cuando Gordon me pidió el divorcio tampoco fue una sorpresa.

Gordon había ido a recogerla al aeropuerto al final de sus vacaciones en España y Lily, cargada de remordimientos y sintiéndose más hundida que nunca después de la dolorosa separación de Santiago, ni siquiera fingió sorprenderse cuando en el coche él le comunicó la noticia.

–Se llama Olivia y le... bueno, el caso es, Lily, que quiero estar con ella. Creo que deberíamos divorciados.

–Está bien.

Gordon, que evidentemente esperaba una escena, apenas podía creer la tranquila reacción de su todavía esposa.

–¿No tienes ningún inconveniente?

Ella negó con la cabeza.

–¿No quieres saber... –se sonrojó–, cuánto tiempo...?

–Si me lo quieres decir.

–¿Entiendes lo que estoy diciendo, Lily? –dijo él hablando despacio, como si se dirigiera a un niño–. Esto no es un romance pasajero.

–Esta vez no.

Gordon se puso a la defensiva.

–Si tú hubieras sido más... –se detuvo haciendo un esfuerzo para controlarse.

Lily decidió acelerar la conversación.

–¿Habrá más sorpresas referentes a tu vida profesional?

–Dimití.

–¿Y el ascenso?

Era de lo único que Gordon había hablado en el último año.

–Me di cuenta de que ser funcionario me estaba sofocando. Necesito un cambio.

–¿Cuándo lo decidiste?

–Presenté la dimisión hace dos meses.

Casi dos meses de mentiras diarias.

–¿Puedo preguntarte qué hacías por las mañanas cuando te ibas a trabajar, y cuando te ibas por viaje de trabajo?

–Olivia y yo estamos montando unas instalaciones deportivas en Chipre.

–Un buen cambio –comentó ella.

–No esperaba que sucediera una cosa así, Lily, pero tienes que reconocer que lo nuestro no... Aunque no espero que lo entiendas. En cuanto la vi... –empezó en voz baja y apasionada.

Lily miró por la ventanilla sin ver el tráfico que pasaba a su lado.

–Quizá sí que lo entiendo.

Gordon no lo dijo en voz alta, pero no la creyó. Por un momento, Lily estuvo tentada a decirle que ella también había conocido a alguien y que ahora se daba cuenta de lo vacío que había estado su matrimonio. Ahora sabía que por amor una persona podía comprarse ropa interior de lo más atrevida, y olvidar todos los principios en los que había sido educada.

Pero no tenía sentido decirle nada a Gordon, que en una ocasión le había dicho supuestamente para tranquilizarla:

–Claro que no eres frígida, lo que te pasa es que no eres una persona muy física. No te preocupes; no eres la única.

El caso era que su marido siempre la había considerado una mujer de ropa interior blanca de algodón y sin adornos, mientras que Santiago la hacía sentirse como una mujer de encaje negro y transparente.

–Menudo cerdo –exclamó con desprecio Rachel haciendo que volviera al presente–. Dejarte precisamente cuando estabas embarazada.

Lily se echó el pelo hacia atrás y pensó que quizá ya era el momento de empezar a contarle la verdad.

–Nuestro matrimonio llevaba muerto y enterrado mucho tiempo antes de que apareciera Olivia.

Rachel la miró boquiabierta y empezó a negar con la cabeza.

–No me lo creo. Erais la pareja perfecta, todo el mundo os envidiaba.

Lily desvió la mirada. Eso había sido lo irónico del caso; que en público siempre eran la pareja ideal.

–Es cierto –insistió.

Rachel se dejó caer pesadamente en el sillón más cercano y suspiró.

–¿Así que no erais felices? ¿En serio?

–Yo no era desgraciada.

Rachel dobló las largas piernas y suspiró.

–Tengo que decírtelo, Lily, me has dejado de piedra. No tenía ni idea de que las cosas estuvieran tan mal, o siquiera mal. ¿Por qué no dijiste nada?

Lily torció la boca en una amarga sonrisa.

–Todos tenemos que cargar con las consecuencias de nuestros actos, al menos eso decía mi abuela.

–Yo no soy tu abuela, y sé que no se debe hablar mal de los muertos, pero era una...

–Déjalo, Rachel, por favor –le suplicó Lily.

Rachel asintió con un encogimiento de hombros.

–Si no eras feliz, ¿por qué seguiste con él, Lily?

–Pensé que podríamos arreglar las cosas –Lily se interrumpió y sacudió la cabeza–. Es una pregunta que me he hecho infinidad de veces. La verdad es que no sé por qué me quedé. Quizá por inercia, o por miedo al cambio. Quizá no estaba preparada para reconocer que había cometido un error. Quizá –especuló–, un poco de las tres cosas.

–Pero nunca os peleabais ni discutíais.

–En público nunca –reconoció Lily, recordando los continuos ataques y recriminaciones en privado–. Aunque ya habíamos pasado de ese punto. Lo cierto es que al final los dos estábamos demasiado apáticos para discutir. Supongo que nos distanciamos.

Rachel dejó escapar un suspiro cargado de perplejidad mientras trataba de entender las nuevas revelaciones de su amiga.

–Desde el primer momento supe que Olivia no era como las otras.

Hasta que el bolso de Rachel cayó al suelo Lily no se dio cuenta de que había hablado en voz alta.

–¿Las otras? ¿Gordon tenía más líos extramatrimoniales?

Lily miró a su amiga mientras ésta empezaba a recoger los contenidos de su bolso esparcidos por el suelo.

–Dos que yo sepa. Quizá más –añadió, lo que seguramente era cierto.

Rachel soltó una carcajada nerviosa.

–¡No me lo puedo creer! –sacudió la cabeza como si intentara centrar las ideas–. ¿Y tú lo sabías?

Lily asintió.

–¿No te importaba?

Un destello de irritación iluminó por un momento los ojos azules de Lily.

–Por supuesto que me importaba.

Eran situaciones terriblemente humillantes, pero después Gordon siempre tenía remordimientos y le pedía perdón.

«No significa nada para mí, Lily», le decía.

Rachel hizo una mueca de dolor.

–Lo siento. No puedo creer que no me dijeras nada –Rachel sacudió la cabeza con incredulidad–. Soy tu mejor amiga.

Lily alzó las manos en un gesto de indefensión e impotencia.

–Parecía una deslealtad, y Gordon me suplicó que no se lo dijera a nadie. ¿Te imaginas lo que hubiera dicho mi abuela si se enteraba, y después de haberle prestado el dinero para aquel coche? –Lily se interrumpió y miró a su amiga–. Supongo que esto te suena de lo más raro.

–Bueno, al menos no teníais hijos y... –se interrumpió de repente y, levantándose del sillón, se sentó en el apoyabrazos del sillón de su amiga y la abrazó–. Oh, Lily, lo siento tanto, tanto.

Lily sacudió la cabeza y le sonrió para tranquilizarla.

–No, tienes razón, no hubo hijos.

–Pero no habíais tirado del todo la toalla –continuó Rachel–. Intentasteis tener un hijo.

Lily miró a los ojos azules de su amiga.

–No, no lo intentamos.

–Entonces fue un accidente.

Un destello que Rachel fue incapaz de identificar brilló por un momento en los ojos de Lily.

–No puedes decir que no estuvieras encantada con el embarazo. Se te notaba a la legua –se apresuró a corregirle Rachel.

Todos los que habían visto Lily en los primeros meses del embarazo podían darse cuenta perfectamente de que estaba encantada ante la idea de ser madre.

–Fueron los meses más felices de mi vida –reconoció Lily.

–Entonces me da igual lo que digas. Gordon es un cerdo por abandonarte cuando estabas embarazada.

–Cuando me quedé embarazada hacía casi un año que no me acostaba con él.

Capítulo 5

EL SILENCIO que siguió a la confesión apenas audible de Lily se alargó hasta que por fin, incapaz de soportarlo más, ésta suplicó a su amiga que dijera algo.

—¿Quieres decir... quieres decir que Gordon no era el padre?

—No lo era —dijo Lily con los ojos cerrados, pasándose una mano por la cara, incapaz de mirar a su amiga a los ojos—. Nada de lo que digas puede hacerme sentir más avergonzada de lo que me siento —logró balbucir por fin.

—Lo que te iba a decir... Oh, Lily, ¿no pensarás que iba a juzgarte?

—No te lo reprocharía —dijo Lily, empezando a levantarse, pero su amiga la sujetó por los hombros y no se lo permitió.

—No puedes soltar una bomba así y marcharte, Lily —protestó Rachel, todavía incapaz de creer lo que estaba escuchando—. Quiero saberlo todo.

—No hay nada que saber.

—¿Nada? Tuviste un romance, te quedaste embarazada. No puedo creer que no me hayas dicho nada en todo este tiempo —le reprochó—. ¿Quién...? ¿Sigues viéndolo?

Involuntariamente Lily suspiró cuando la cara

morena de rasgos clásicos de Santiago apareció en su mente.

—¿Lo conozco?

Las palabras de Rachel devolvieron a Lily al presente, que hizo un esfuerzo para no mirar el periódico abierto.

—No, y no lo sigo viendo.

No añadió que seguramente él no querría volver a verla nunca. Si las cosas hubieran sido diferentes, quizá habría podido decirle lo del embarazo. Un hombre tenía derecho a saber que iba a ser padre. Consciente del peso que cargaba siempre encima, Lily se preguntó cuál habría sido la reacción de Santiago si el niño hubiera sobrevivido y ella se lo hubiera dicho.

Quizá no hubiera querido saber nada de un hijo concebido por azar, pero en caso contrario tendrían que haber llegado a algún tipo de acuerdo. Claro que ahora toda especulación era inútil; ella nunca lo sabría, y él tampoco.

—Fue un romance de vacaciones que no significó nada —dijo Lily.

Había contado tantas mentiras y medias verdades que otra más ya no importaba.

Rachel estudió a su amiga con expresión seria, segura de que la tranquilidad que Lily parecía proyectar era sólo superficial.

—¿Cuándo lo conociste?

—¿Te acuerdas de la segunda luna de miel que Gordon y yo íbamos a hacer antes de soltarme lo de Olivia?

—¿En aquel maravilloso hotel en España? Pero al final...

—A Gordon lo llamaron al aeropuerto y me dijo

que fuera sin él. Sí, ese viaje –confirmó Lily en tono sombrío–. Me prometió que tomaría otro avión al día siguiente, pero no lo hizo y yo me puse furiosa.

–¿Es español?

A Lily le temblaron los labios.

–Sí.

Rachel le llenó la copa.

–¿Trabajaba en el hotel?

–De forma... esporádica –respondió Lily evasiva.

–¿Sabía que te quedaste embarazada?

–No –dijo ella apenas sin voz, y tragó saliva.

De repente Rachel abrió los ojos de forma casi desorbitada.

–No sabías su nombre, ¿verdad? Oh, ya entiendo. Fue una aventura de una noche después de haber bebido mucho o algo así. No deberías sentirte mal. Todas hemos pasado por eso y hemos hecho lo mismo, y esos camareros españoles pueden ser muy... Bueno, ya sabes.

¡Santiago, un camarero!

–Yo no había pasado por eso y no había hecho lo mismo –protestó Lily casi sin voz.

–No, tú no, estoy segura. Te casaste a los diecinueve años, no te dio tiempo. Eras una cría –dijo Rachel, que fue a rellenarle de nuevo la copa, pero Lily la cubrió con la mano–. ¿Y no sabes cómo se llamaba?

–Sí que lo sé, y no estaba borracha.

Al menos no de alcohol. Nunca le había afectado nada tanto como cuando estaba junto a Santiago. Con él se sentía atrevida y dispuesta a hacer cualquier cosa. Ahora las cosas que le había dicho parecían un sueño. Recordar cómo sus inhibiciones desaparecieron por completo entre los brazos masculinos y en su cama la hizo sonrojar.

–Y si tuviera la oportunidad –añadió desafiante–, volvería a hacerlo.

–Así que no fue una relación tan casual.

–Para él sí –reconoció Lily.

Rachel la miró pensativa.

–¿Estabas enamorada de él?

Lily suspiró.

–De la cabeza a los pies –admitió, y se echó a llorar.

–Las chicas se retrasan –dijo Dan mirando con ansiedad a la alta figura morena a su lado–. Dios, estoy muy nervioso.

–Nunca lo habría imaginado –dijo Santiago.

–Es la primera vez que le pido a alguien en matrimonio, y el matrimonio es un paso importante, ¿no? –dijo Dan. Sacó la caja del anillo del bolsillo y la miró–. Y permanente.

–No muy a menudo. Siempre está el divorcio.

–No necesito tu cinismo sino tu apoyo –le recordó el joven.

Santiago miró a su amigo más joven a la cara.

–No, lo que necesitas es una copa.

Él también la necesitaba. No porque compartiera el mismo estado de nerviosismo del futuro novio, sino porque sabía que volver a ver a Lily después de un año no resultaría muy fácil.

En la foto apenas se la reconocía. ¿Tanto había cambiado? Santiago nunca olvidaría cuando la vio en la plaza de Baeza por primera vez.

Circulando por las pequeñas calles de la ciudad en la moto que su familia aseguraba que iba a llevarlo a la tumba cualquier día, se había detenido a estirar las piernas, y recordó la conversación sobre el tema en su casa el día anterior.

–Tienes unos coches preciosos –protestó su madre–. Y no puedes asistir a una reunión tan importante vestido de cuero. Nadie te tomará en serio.

–Me cambiaré.

Sonriendo, su hermana menor, Angel, dijo:

–Creo que quiere olvidar que es un miembro muy bien pagado de la sociedad.

–No –le corrigió su otra hermana–. Lo que quiere es sentir el viento en la cara. ¿A que tengo razón, Santiago?

–Sea como sea, me vas a llevar a la tumba –protestó de nuevo su madre.

–Tendré cuidado, te lo prometo.

Estaba sonriendo al recordar mientras se quitaba el casco cuando la vio. La sonrisa se desvaneció y sintió un estremecimiento.

–¡Madre mía!

A juzgar por la expresión pensativa, la joven sentada sola en la mesa de una terraza de la plaza no tenían idea de que estaba despertando un montón de interés masculino entre los habitantes del lugar.

Llevaba un vestido blanco y holgado que caía hasta los tobillos. El vestido era modesto, pero no el cuerpo que cubría.

¡Qué cuerpo!

Incluso ahora, se le aceleraba la respiración y se le tensaba el cuerpo al pensar en las voluptuosas y suaves curvas femeninas, en la piel sedosa y clara, en los ojos grandes y azules y la boca carnosa y sensual.

La observó beber un sorbo de vino, y creyó que se le salía el corazón del pecho al verla inclinarse hacia delante y mostrar inocentemente la curva superior de los senos suaves y cremosos.

No sabía cuánto rato estuvo allí parado, hipnotizado como un adolescente, pero no movió ni un músculo hasta que ella pidió un taxi. Entonces la siguió a una distancia discreta en su moto.

Cuando el taxi tomó un desvío en la carretera que sólo podía llevar a un lugar, supo adónde iba.

La primera vez que Santiago había entrado por aquella carretera había llegado a una vieja y destartalada finca con varias edificaciones rurales prácticamente en ruinas. Ahora él lo había convertido en un complejo hotelero de cinco estrellas en medio de una reserva natural de casi cuatrocientas hectáreas de superficie.

Santiago había nacido con un apellido que abría la puerta en los mejores círculos oficiales y financieros de Europa y del mundo, pero cuando buscó posibles inversores para el proyecto no quiso utilizar su verdadero nombre. ¿Por qué lo había hecho? Probablemente por orgullo. Por un deseo de demostrar a su padre que no era el inútil que él muchas veces quería hacerle creer.

Pero durante el proceso de transformación de la finca en un negocio viable, Santiago se dio cuenta de que ya no lo hacía por demostrar nada a su padre, sino por él.

Detuvo la moto exactamente en el mismo lugar donde se había apeado diez años atrás, y observó al taxi que se acercaba a la entrada del hotel. La figura femenina bajó del coche y se perdió en el vestíbulo.

–Tiene que ser por aquí –dijo Rachel sentada en el asiento del copiloto mientras pasaban junto a la bonita iglesia del pueblo por cuarta vez.

—¿Estás segura? —preguntó Lily, que iba al volante de su coche.

—Claro que sí. ¿Tú qué crees?

Lily suspiró y esperó a que un tractor pasara antes de ir marcha atrás por la estrecha calle del pueblo donde Dan había restaurado su refugio en el campo.

—Lo creería si no lleváramos una hora dando vueltas por el mismo sitio.

Lily vio al vicario en la puerta de la iglesia y, tras aparcar el coche, se acercó a preguntar. Cinco minutos después regresó y se sentó de nuevo tras el volante.

—Si hubiéramos venido en mi coche, al menos estaríamos un poco más cómodas —dijo Rachel, tratando de estirar las piernas dentro del pequeño Volkswagen Escarabajo de su amiga.

—Vaya —exclamó Lily, con voz triunfante—. Así que por fin reconoces que estamos perdidas.

—No refunfuñes. Al menos hemos podido conocer mucho mejor la zona —Rachel cerró los ojos mientras Lily giraba por un desvío—. ¿Qué hacemos si viene alguien de frente?

—De momento cruzar los dedos para que no venga nadie —dijo Lily.

Afortunadamente así fue y unos minutos después Lily detuvo el coche junto a una casa de campo que parecía sacada de una postal. Incluso tenía rosas alrededor de la puerta.

—La excursión ha merecido la pena, ¿verdad?

Lily no respondió enseguida. Un pequeño cerco separaba la casa de una zona arbolada donde había dos personas cuyas cabezas se adivinaban detrás de unos setos. Uno de ellos era Dan.

Rachel empezó a agitar los brazos.

–¡Están ahí! –gritó al verlos.

–Por favor, dime que no es lo que creo que es –le suplicó Lily, que estaba empezado a cansarse de los continuos intentos de su amiga de emparejarla con alguien.

Rachel puso cara de sorpresa y abrió la puerta del jardín.

–¿Por qué? ¿No te dije que Dan había invitado a un amigo?

–Oh, se te debió de pasar –dijo Lily mientras la seguía al interior del jardín con mucho menos entusiasmo.

–Sonríe o lo asustarás –le dijo Rachel volviendo la cabeza hacia ella.

–Eres un monstruo manipulador –masculló Lily entre dientes, para que no la oyeran.

Los dos hombres las habían visto e iban caminando a recibirlas. Rachel bajó la voz.

–¿A que Dan es guapísimo?

–¡Y tú transparente! –le espetó Lily con una sonrisa forzada.

Rachel siguió saludando y sonriendo a los hombres que se acercaban.

–Por el amor de Dios, Lily, relájate.

–Que me relaje –exclamó ella indignada–. Me has tendido una trampa. Y ya te digo desde ahora que no me interesa.

–Tarde o temprano te va a tener que interesar –le aseguró Rachel.

–¿Así que ahora quieres que me meta en la cama con un desconocido?

Ya lo había hecho una vez y prefería no pensar en las terribles consecuencias.

Capítulo 6

NO SEAS ridícula, Lily. Lo de acostarte con él es opcional –le respondió Rachel–. ¿Qué aspecto tendrá? –preguntó con curiosidad estirando el cuello.

–¿Cómo que qué aspecto tiene? ¿No lo conoces?

–No, aunque Dan no para de hablar de él. Por lo visto el tío está forrado.

–Yo creía que Dan estaba forrado.

–No le va mal, pero lo de éste debe ser indecente.

–Y como todos los hombres con tanto dinero seguro que le gustan las rubias altas, delgadas y con los pechos de silicona.

–Ya veo que conoces a muchos hombres con mucho dinero.

«Sólo a uno».

–A ver si lo entiendes. Todos los hombres tienen las mismas fantasías: los ricos pueden hacerlas realidad, es la única diferencia. Y yo no soy la fantasía de nadie.

Aunque en una ocasión uno la convenció de que era la suya.

–¡Qué cínica eres! Pero, tranquila, es pariente lejano de Dan. No sé qué primo del padre de uno se casó con no sé qué prima de la madre del otro, o algo así.

–Estoy tranquila, y me voy a casa.

Rachel miró a su amiga divertida.

–Tampoco te estoy pidiendo que te cases con él; es sólo buena compañía para el fin de semana.

A pesar de su aparente falta de interés, la mirada de Lily se desvió hacia el hombre alto, muy alto, que acababa de aparecer detrás de los setos. Seguramente a él también le habían tendido la misma trampa.

Cuando cruzó el seto, Dan echó a correr y momentos después estaba junto a ellas. Lily miró hacia el otro lado mientras la pareja se besaba como si llevaran años, en lugar de días, separados.

–Bien, ¿qué te parece? –preguntó el orgulloso propietario de la casa de campo cuando se separaron para respirar.

–¡Es perfecta! –declaró Rachel acurrucándose contra él.

–No tanto como tú, cariño.

«Oh, por favor», pensó Lily desviando la mirada por segunda vez.

De repente Rachel la sujetó por los hombros.

–Mira ahora –le susurró, refiriéndose al amigo de Dan–. Vas a alucinar –y enseguida alzó la voz–. Vaya, hola. Yo soy Rachel –se presentó al desconocido con una amplia sonrisa.

Lily se volvió a su vez y la media sonrisa que tenía en los labios quedó congelada.

En el momento que necesitó para asimilar todos los detalles su corazón se detuvo; se detuvo por completo. Cuando empezó a latir de nuevo Lily necesitó respirar varias veces profundamente para llevar oxígeno a los pulmones.

–Hola, Rachel –dijo Santiago, vestido de manera informal con unos carísimos pantalones vaqueros de marca, una camisa de lino con los primeros botones desabrochados y una camiseta negra debajo.

–Te presento a Lily.

A Lily le pareció que la voz de Rachel venía desde muy lejos.

«Esto no puede estar pasando», pensó ella. Miró a los ojos negros y brillantes, unos ojos que podían hacer olvidar a una joven todos sus principios y que a ella la hicieron sentirse como una mujer de la cabeza a los pies por primera vez.

–Saluda, Lily.

Lily se hubiera quitado los zapatos para echar a correr si una repentina parálisis no la hubiera dejado clavada en el sitio. A pesar de la agradable temperatura veraniega, estaba helada y tiritando.

Santiago no era de los hombres que hacían las cosas a medias; cuando amaba era un amor total y entregado, pero cuando odiaba lo hacía con el mismo fervor y la misma intensidad. ¡Y ahora la odiaba!

Lily recordó la expresión de su cara en España cuando fue a llevarle personalmente un mensaje de recepción.

–«Tu marido ha llamado a recepción. Dice que está preocupado porque tienes el teléfono apagado y no logra comunicarse contigo, y que por favor lo llames».

En ese momento la odió profundamente.

Santiago Morán no podía estar allí, pero estaba. Y ella lo estaba mirando.

–Hola.

Él apenas movió la cabeza a modo de respuesta. Brevemente sus miradas se cruzaron, y en la de él no había nada que indicara que alguna vez se habían conocido.

Ella se sentía diferente a la mujer que él había conocido el año anterior. Sabía que su aspecto físico era distinto, y estaba dispuesta a admitir que no para mejor, pero tampoco había cambiado tanto como para que no la reconociera.

«¿Qué quieres? ¿Una escena?», se preguntó ella. No, pero que él reconociera abiertamente que se conocían sería agradable. Aunque quizá aquélla era su forma de decirle que, por su parte, lo que hubo entre ellos nunca ocurrió.

El color, ardiendo e incómodo, volvió de repente a su cara y sintió deseos de salir corriendo. El más absoluto desprecio, la mayor animadversión, o cualquier otra cosa habría sido más fácil de digerir que la total indiferencia que estaba mostrando hacia ella.

–Rachel, te presento a Santiago Morán, mi amigo y primo lejano –dijo Dan con una sonrisa–. Él me dio un trabajo cuando nadie quería dármelo.

–Siempre me ha gustado correr riesgos.

–Creía que lo hiciste porque eres un buen juez de carácter –replicó Dan.

Los ojos negros que todavía llenaban sus sueños la recorrieron despacio una vez más, y esta vez tras la máscara impasible hubo una chispa de rabia.

–Yo también –dijo enigmáticamente, y volvió a dedicar toda su atención a Raquel–. Dan no para de hablar de ti, Rachel, y me alegra decir que no ha exagerado nada. Eres radiante como un día de verano –le dijo a la prometida de Dan con una sonrisa.

Era una sonrisa cuyos devastadores efectos Lily conocía perfectamente. Ahora observó cómo el rostro de su amiga se iluminó y sintió una terrible y humillante punzada de celos.

–¿Habéis tenido un buen viaje?

Rachel miró a su amiga y se echó a reír.

–Lily se ha puesto de los nervios porque nos hemos perdido por su culpa –rió divertida.

–No ha sido por mi culpa –protestó ella, aunque
sin demasiado interés.

Sus pensamientos estaban en otra cosa.

¿Sabía Santiago que estaría allí? Difícil, dada la
dureza de sus palabras al despedirse de ella un año
antes. Tenía que ser una horrible coincidencia.

–El aislamiento y el difícil acceso es uno de los
encantos de la casa –dijo Dan–. Y este olor –aseguró,
inspirando profundamente–. Esto no se tiene en Londres.

–Y yo me muero de ganas por ver la casa –dijo
Rachel.

La conversación debió de continuar en el interior
de la casa de campo aunque Lily apenas la recordaba.
Dan les explicó toda la obra de rehabilitación que había realizado para dar a la vivienda el aspecto de loft
diáfano en toda la planta baja, aunque Rachel pronto
se aburrió de hablar de bricolaje.

–Todo muy mono, sí, pero ¿dónde está el dormitorio, cariño? –preguntó en tono insinuante.

–Te lo enseñaré –dijo Dan con una sonrisa a juego–. Enseguida volvemos. Santiago se ocupará de ti,
Lily. ¿Verdad, Santiago?

Horrorizada ante la idea de que Santiago «se ocupara» de ella, Lily alzó los ojos y miró al hombre que
la observaba con expresión divertida.

–Será un placer –dijo él.

–Tengo que ir al baño –lo interrumpió rápidamente Lily, que necesitaba desesperadamente ale-
jarse de él.

Para cuando Dan gritó «la segunda puerta a la derecha» ella ya estaba a mitad de la estrecha escalera

que subía hasta la planta superior. En el cuarto de baño se echó agua fría en la cara e intentó tranquilizarse.

No tenía ni idea de cuánto tiempo estuvo allí, con las muñecas debajo del chorro de agua fría, pero cuando cerró el grifo tenía los dedos totalmente helados.

—Mañana —se prometió—. Mañana me iré y todo esto no será más que un mal recuerdo.

Hubiera preferido irse en ese mismo momento, pero no quería despertar las sospechas de Rachel y mucho menos estropearle el fin de semana, a pesar de la sucia trampa que le había tendido con un desconocido.

Sólo que Santiago no era un desconocido.

Cerró los ojos y respiró profundamente.

«Venga, Lily, ten un poco de entereza», se regañó. Era sólo una noche. Tampoco podía ser tan duro.

Y sin embargo lo fue.

Capítulo 7

EL PRINCIPIO no fue nada prometedor.

Lily salió del cuarto de baño y se encontró no en el pequeño dormitorio de techo inclinado y cama individual que identificó como suyo al entrar corriendo en el cuarto de baño, sino en una habitación más grande con una cama doble. Por un momento se quedó totalmente desorientada, antes de darse cuenta de que el cuarto de baño debía estar conectado con las dos habitaciones de invitados.

En el respaldo de una silla había una bata negra, sobre la cama una toalla húmeda arrugada, y en la cómoda una serie de enseres personales que junto con la fragancia masculina que flotaba en el aire le dijo claramente quién dormía en aquella cama.

Involuntariamente se llevó una mano a la boca para contener el grito que estuvo a punto de escapar de sus labios, pero no pudo evitar el temblor que se apoderó de su cuerpo. Echó a andar hacia la puerta, pero no llegó. Algo, probablemente una vena masoquista desconocida hasta entonces, la llevó con pasos casi hipnóticos hasta la mesita de noche. Allí estiró la mano y acarició el reloj de metal que tan bien recordaba en la muñeca masculina.

—El cierre está estropeado.

El comentario venía desde la puerta y Lily dio un respingo al escuchar el sonido de la voz grave que tan bien conocía. Con las mejillas encendidas, giró en redondo y lo vio apoyado en el pomo de la puerta, con los brazos cruzados al pecho, la cabeza ladeada y observándola con irritación. Lily no sabía cuánto rato había estado observándola.

–¿Te has vuelto a perder? –preguntó él con desdén, mirándola con frialdad.

–Lo siento... no quería... pensaba que era... estaba pensando en... otra cosa –«estaba pensando en ti», le hubiera podido decir–. Creía que era mi habitación. No estaba... ni siquiera sabía que era tu habitación.

Santiago continuaba mirándola sin decir nada y ella sintió que el frágil dominio de sí misma se desvanecía por completo al pensar en tener dos habitaciones conectadas.

–No te preocupes, no volverá a suceder.

La primera vez que hicieron el amor ella le había dicho lo mismo.

Y lo volvieron a hacer.

Un fugaz destello brilló en los ojos masculinos y Lily se preguntó si él también lo recordaría. Y si recordaría lo poco que le costó olvidarse de sus palabras y terminar de nuevo en su cama. Para superar la vergüenza que sentía, alzó la cabeza y se dirigió hacia la puerta con pasos firmes hasta que se dio cuenta de que para volver a su habitación tendría que pasar junto a Santiago. Quizá incluso rozarlo.

Se detuvo en seco, y un estremecimiento que no pudo controlar la recorrió visiblemente al anticipar el inevitable contacto físico con él.

–Perdona...

Santiago no reaccionó ante la cortés pero fría petición.

–Era una forma educada de pedirte que te apartes y me dejes pasar –continuó ella.

Los malos modales tampoco obtuvieron resultados. Santiago permanecía inmóvil mirándola.

–¿Qué tal estas, Lily?

Lily parpadeó.

–¿Te importa?

–Parecías sorprendida de verme.

–Y lo estaba –dijo ella. Entornó los ojos con suspicacia–. Si estás sugiriendo que he venido porque sabía que estarías aquí, te equivocas de cabo a rabo. Si llego a saber que estabas aquí no habría venido –le aseguró con fiereza–. Mi amiga me invitó. Y he venido, nada más.

–¿Así que esto es una feliz coincidencia?

–Yo más bien diría cruel, o dolorosa –se tensó ella.

–¿Tu amiga no mencionó mi nombre?

–No creo que lo supiera.

Lily continuó con los dientes apretados; la escéptica sonrisa en los labios masculinos era de lo más humillante.

–O a lo mejor pensaste que podríamos continuar donde lo dejamos –sugirió él, sarcástico.

Aunque Lily sintió ganas de abofetearlo, intentó mantenerse serena.

–Si no recuerdo mal, lo dejamos entre tus gritos e insultos –dijo ella tratando de dar la impresión de que el recuerdo le parecía divertido, aunque nada más lejos de la realidad.

La traumática despedida estaba grabada en su alma.

Aunque Santiago no gritó. Cuando se enfadaba, bajaba peligrosamente el volumen de voz y las palabras graves y suaves eran más devastadoras que cualquier bramido.

–Pero si te preocupa que tu magnetismo sea demasiado para mí, siempre puedes cerrar la puerta por este lado. Así podrás dormir tranquilo sabiendo que no me colaré en tu cama en mitad de la noche.

Otros recuerdos prohibidos se abrieron paso en su mente. Lily se recordó a sí misma, de pie junto a la cama, contemplando el rostro dormido de su amante y los fuertes ángulos de la cara suavizados por el sueño. El diluvio de emociones tan intensas que la embargó entonces provocó una cálida corriente de lágrimas no derramadas que la dejaron temblando y sin aliento.

«Así que esto es el amor. Siempre he sido muy lenta», había pensado entonces. «¿Quién espera a los veinticinco años para enamorarse?»

Y cuando se deslizó de nuevo en la cama junto a él, sintió el calor de su cuerpo y la textura de la piel cálida y satinada contra la suya.

La presión en el pecho se hizo casi sofocante. Todavía era muy real: la fricción de las zonas cubiertas de vello contra su piel desnuda y sensibilizada, y la pasión renovada mientras sus piernas y brazos suaves y pálidos se enroscaban con los de él, más ásperos y velludos.

Lily estaba demasiado ensimismada en las imágenes que pasaban por su mente para advertir la tardanza de Santiago en responder.

–Lo tendré en cuenta.

Ella parpadeó perpleja y lo miró a la cara.

–Sí, y yo haré lo mismo con mi puerta –añadió desafiante.

Los ojos negros del hombre recorrieron su cara.

–¿Te has mirado últimamente en el espejo?

«No si puedo evitarlo», se dijo ella, pero antes de

poder decir nada Santiago le tomó la barbilla entre el
pulgar y el índice y le alzó la cara hacia él. Echando
la cabeza hacia atrás, con los ojos medios cerrados,
estudió el rostro demacrado y después dejó caer la
mano antes de emitir su veredicto.

–Tienes un aspecto horrible.

El veredicto arrancó una temblorosa carcajada de
la garganta femenina. Lily dio un paso atrás.

–Siempre has sido un seductor –dijo ella irónicamente, recogiéndose el pelo detrás de las orejas con
manos trémulas.

–¿Qué demonios te has hecho para acabar así?
–insistió él.

Lily no podía entender la intensidad de la ira que
había en las preguntas de Santiago, pero antes de poder decirle que se metiera en sus asuntos, él añadió
con un gesto de inmenso desdén:

–Espero que el hombre mereciera la pena.

Lily tardó unos momentos en responder.

–Me cuesta mucho aprender –dijo por fin, despacio–, pero he llegado a la conclusión de que ningún
hombre merece la pena.

Pero Santiago no pareció oírla. Con expresión dis-
traída alargó una mano morena hacia ella.

–Sigues teniendo la piel muy suave.

Un gemido casi inaudible salió de los labios de
Lily cuando el pulgar masculino empezó a subir por
la curva de la mandíbula hasta la mejilla. De algún
lugar descubrió la fuerza suficiente para apartarse.
Sin pensarlo, pasó junto a él y fue hacia la puerta.

Casi llegó, pero tropezó con el hombro contra la
esquina de una cómoda y gritó de dolor a la vez que
la mitad de los objetos que había sobre la pulida superficie de madera se estrelló contra el suelo. Secán-

dose la humedad de las lágrimas con el dorso de la mano, cayó de rodillas y empezó a recoger las cosas que se habían desparramado sobre los pulidos listones de madera del suelo.

—Ten cuidado; hay cristales rotos —dijo Santiago.

—Ya.

Santiago se arrodilló a su lado.

—Estás sangrando.

Lily mantuvo la cabeza agachada e ignoró el comentario.

—Déjalo ya —insistió él, sujetándole la muñeca—. Lo estás manchando todo de sangre.

—Lo siento —Lily se llevó la mano herida al pecho—. Pagaré los desperfectos.

—Olvídate de los desperfectos —refunfuñó él—. Déjame ver.

Lily retiró la mano. La idea de que él volviera a tocarla le hizo perder aún más el control.

—Estoy bien. Es sólo un corte de nada —murmuró sin mirarlo, pero muy consciente de lo peligrosamente cerca que estaba.

—Tienes que limpiarla. Podrías tener cristales —dijo él, sujetándola por los codos y obligándola a levantarse—. Déjame ver.

Lily se humedeció los labios secos con la punta de la lengua y lo miró con cautela, a través de las pestañas entornadas.

—Tampoco hay que exagerar —dijo ella—. Sólo es un rasguño —insistió, y empezó torpemente a dejar las cosas que acababa de recoger sobre la superficie sólida más cercana, que resultó ser la cama.

Una de esas cosas era la cartera de Santiago, que se abrió al caer sobre la colcha y parte de su contenido se desparramó por el suelo. Con los dientes apretados, Lily intentó impedir que cayeran al suelo, operación un tanto complicada ya que llevaba la otra mano pegada al pecho.

—Eso sugiere lo contrario.

Lily siguió la dirección del dedo masculino y vio la mancha roja de sangre en el suéter.

—Oh, no. Tengo que cambiarme.

—Sí, buena idea. Dan se desmaya en cuanto ve la sangre —dijo Santiago—. Pero después de que yo eche una ojeada a esa herida.

—No has cambiado nada —le espetó ella—. Siempre tienes que tener el control de todo —lo acusó, limpiando una mancha de sangre que había caído en una de las fotos que llevaba él en la cartera.

—Hace un año no parecía importarte.

Lily se ruborizó.

—Eso es algo que prefiero no... —su voz se interrumpió al incorporarse, con la foto entre los dedos. Los ojos, muy abiertos, se clavaron en él—. Sabías que estaría aquí —lo acusó.

Santiago le quitó la fotografía manchada de los dedos y se encogió de hombros.

—Apenas te reconocí.

—Pero me reconociste —le espetó ella, en tono acusador—. Sabías que iba a venir y has venido —añadió, indignada—, y además has intentado acusarme de querer seducirte.

Olvidando el corte de la mano, Lily sujetó la mano masculina con las dos manos y dejó escapar un largo y angustiado suspiro.

—Podíamos haber evitado esto —dijo, casi suplicándole con los ojos—. ¿Por qué has venido, sabiendo que iba a estar aquí, Santiago?

Él no respondió a la pregunta.

–¿Has estado enferma?

–No creo que te deba ninguna explicación –respondió ella–. Aún no entiendo en qué estabas pensando para venir aquí.

–Quizá quería ver cuántas cabelleras te habías colgado del cinturón después de mí.

–Oh, vaya –dijo ella sin darle importancia–. He perdido la cuenta. Rachel y Dan se preguntarán dónde estamos. Debemos bajar.

–Quizá crean que hemos sucumbido a la lujuria y estamos dándonos un revolcón.

Lily respiró hondo y sacudió la cabeza.

–Ya es suficiente.

–¿Suficiente de qué?

–De que me trates como si fuera una alimaña –dijo ella con expresión de cansancio–. Es cierto, estaba casada y te dejé creer que no lo estaba.

–Te hiciste pasar por una viuda vulnerable y destrozada –le condenó él.

–Y tú estabas más que encantado de aprovecharte de mi vulnerabilidad, si no recuerdo mal.

–¿Crees que no lo sé? ¿Crees que no lo sabía entonces? –soltó una risa cargada de amargura–. ¿Crees que no me desprecié por eso?

–Y ahora me desprecias a mí. Qué suerte la tuya. Oh –suspiró Lily con tristeza–. No debí haberte engañado, lo sé, pero fue hace un año y no creo que te haya dejado cicatrices ni secuelas emocionales. Es sólo tu orgullo.

Mientras hablaba Santiago se había ido acercando a ella y ahora estaba tan cerca que casi se rozaban. Él no la tocó, aunque ella deseaba que le hiciera con todo su ser.

–Hablas como una autoridad en la materia.

–Fue sólo sexo. Excelente, no lo niego –añadió sin restarle importancia –, pero a fin de cuentas sexo.

«No sabes lo que dices, cállate», se ordenó mientras sus ojos ascendían por el pecho masculino hasta detenerse en los labios sensuales cuyo sabor recordaba perfectamente.

Tardó unos segundos en reparar en el rictus de ira del hombre.

–Tienes razón, el sexo fue excelente –dijo él, con voz cálida como miel caliente, inclinándose ligeramente hacia ella.

Sus miradas se encontraron y la tensión se multiplicó. Lily tragó saliva, aunque tenía la boca seca. El aroma único del cuerpo masculino la envolvía y se sintió mareada. No fue consciente del sonido estrangulado de angustia que surgió de su garganta.

Cerró los ojos para recuperar el control, y un momento más tarde los abrió y logró encogerse de hombros con indiferencia.

–Sí, lo pasamos bien, ¿verdad?

–Sí, aunque el final dejó un amargo sabor de boca.

El insulto la hizo estremecer, pero Lily alzó la barbilla sin dejarse amedrentar.

–Bien, al menos estamos de acuerdo en algo. Ahora, si me disculpas, voy a bajar.

–¿Así?

Lily se miró el suéter manchado de sangre.

–Me cambiaré... Oh, no, mis cosas están en el coche.

–Olvídate de la ropa. Lo que necesitas es limpiarte esa mano, ven conmigo.

Ignorando las protestas, Santiago la tomó por los hombros y la llevó al cuarto de baño donde la obligó a sentarse en el borde de la bañera para examinar la herida.

–Es un corte profundo, pero no necesita puntos –dijo él.

Ella apartó la mano de golpe.

–Ya lo creo que no.

Después de su última experiencia médica no quería volver a ver un hospital por dentro en mucho tiempo.

–Tienes suerte. No veo restos de cristales, pero hay que limpiarla y vendarla –Santiago abrió el grifo de agua fría–. Ponla debajo del chorro y encontraré algo para limpiarla.

Lily fue a protestar, pero al ver las gotas de sangre que caían sobre el suelo de mármol decidió obedecer. Santiago salió.

Un par de minutos después regresó con una botella de antiséptico, una venda y varios objetos más.

–¿De dónde lo has sacado?

–Del botiquín de mi coche. Les he dicho que has tenido un accidente. Dan va a subir tus maletas –Santiago se puso de rodillas a sus pies y le pidió la mano.

Lily lo hizo con reticencia, pero en unos minutos Santiago tuvo la herida limpia y vendada.

–¿Está bien así, no te aprieta? –preguntó él al terminar.

Lily negó con la cabeza.

–Gracias.

–Lily... me has preguntado por qué he venido sabiendo... –al oír a Dan dejar las bolsas de Lily en la habitación contigua Santiago se interrumpió de golpe–. De nada –dijo poniéndose en pie.

Y con un breve asentimiento de cabeza se fue, dejando a Lily con la duda de qué era lo que iba a decir.

Capítulo 8

¿ALGUIEN se había dado cuenta de que la noche anterior se había retirado alegando que le dolía la cabeza? Al menos no era mentira. Lily se apretó las sienes. Esa mañana, el insoportable dolor de la noche anterior era al menos un poco más llevadero. Lily se miró al espejo y apenas se reconoció. No se debía sólo a que no llevaba maquillaje y a que había elegido la ropa sin ninguna concesión al estilo ni a la coordinación de colores. Lo peor era que su lenguaje corporal hablaba de derrota, la misma derrota que se veía reflejada en las sombras bajo sus ojos azules.

Estaba frunciendo el ceño a su reflejo en el espejo cuando oyó unas risas desde la planta de abajo. Se estaban divirtiendo, sin duda, y una oleada de autocompasión la invadió.

«No seas tonta», se dijo. «Nadie te obligó a acostarte pronto, y nadie te obligó a sentarte en una esquina y a no decir casi nada». Su única contribución a la cena de la noche anterior habían sido unos cuantos gruñidos.

Un destello de resolución brilló en los ojos azules y, poniendo los hombros rectos con firmeza, se acercó al armario y abrió las puertas de par en par.

El contenido no ofrecía mucha elección. Por fin, sacó un pantalón de lino en tonos tostados y un suéter de punto negro con el cuello de pico que todavía tenía la etiqueta de la tienda. Cuando se puso los pantalones le quedaban demasiado grandes, y los cambió por una falda de vuelo en un tejido estampado de colores pálidos.

Después se recogió el pelo en una coleta con un pañuelo de seda y soltó unos cuantos mechones que sirvieron para enmarcarle la cara y suavizar el efecto.

–Dios mío –dijo en voz alta al espejo–. Tengo pómulos.

Fascinada por el descubrimiento, trazó el perfil con el dedo, todavía no muy marcados. Después se dio unos toques de color en las mejillas y los labios.

La diferencia fue sorprendente.

Después del desayuno Dan y Rachel anunciaron su intención de ir andando hasta el pueblo a comprar leche.

–Pasadlo bien –dijo Santiago mirando los zapatos de tacón de Rachel y pensando que, con los agujeros y baches del camino, no llegaría muy lejos.

Santiago oyó el ruido de la puerta cerrarse, que tres segundos más tarde se volvió a abrir.

–He olvidado las gafas –dijo Dan en voz alta para que lo oyera su novia, y después, en tono más bajo y confidencial añadió–: Escucha, Santiago, siento mucho lo de... –señaló con la cabeza hacia las escaleras–. Dios, que antipática es.

–Sólo estuvo un poco callada.

De hecho no se había reído ni una sola vez. A Santiago le había gustado oír su risa. Y ver cómo se le iluminaba la cara cada vez que reía.

–Estás siendo muy generoso –dijo Dan, sin entender la extraña expresión en el rostro de su amigo.

–¿Vienes o no? –dijo Rachel desde la puerta.

–Ya voy.

–Si Lily se despierta dile que no tardaré –dijo Rachel a Santiago–. Me alegro de que pueda dormir y descansar. Sabía que el aire del campo le haría bien –miró a Dan y sonrió–. Seguro que ella también se alegra de haber venido.

–Tu amiga, ¿ha estado enferma?

Tras considerar todas las alternativas, Santiago había llegado a la conclusión de que el cambio de aspecto sólo podía deberse a una enfermedad. Recordó la expresión en el rostro de Lily al reconocerlo el día anterior: la sorpresa, el dolor y la desesperación reflejados en los ojos azules eran más que de sobra para satisfacer al ex amante más vengativo.

Pero lo cierto era que no le había producido ninguna satisfacción ni sensación de triunfo ver el dolor en su rostro ni tampoco las marcadas ojeras que rodeaban sus ojos. Sólo un sádico podía disfrutar de alguien con cara de haber hecho un viaje al infierno.

De momento nada iba según sus planes. Su intención había sido ver su belleza con objetividad y marcharse al terminar el fin de semana sin entender qué era lo que había visto en ella y así poder continuar con su vida.

Sin embargo, ahora se había dado cuenta exactamente de qué era lo que había visto en ella. Y del fuerte impulso que sentía de cuidarla y alimentarla, de protegerla y de aplastar con sus propias manos al responsable de convertir a una mujer vibrante y llena de vida y alegría en una sombra.

–Ha tenido un mal año –explicó Rachel–. Y está un poco frágil emocionalmente.

«No sólo emocionalmente», pensó Santiago al re-

cordar la fragilidad de los huesos de las muñecas.
Aunque no era evidente debido a la ropa ancha que
utilizaba, parecía probable que su cuerpo también hubiera perdido sus voluptuosas curvas. Santiago se había despertado varias veces durante la noche con un
dolor que sólo el suave y fragante cuerpo femenino
podía haber aplacado.

–Aunque está un millón de veces mejor que hace
unas semanas. No me importa decirte que estaba
muy preocupada por...

Rachel fue a decir algo más, pero en el último momento pareció pensarlo mejor. Con una rápida sonrisa, siguió a Dan y lo dejó solo con sus recuerdos.

Hasta que Santiago aspiró la fragancia dc Lily antes de oír los suaves pasos acercarse por el pasillo.

Lily entró en la cocina y cuando vio que Santiago
estaba solo sintió ganas de darse la vuelta, pero se
contuvo y decidió portarse de forma más civilizada.
Aspiró hondo y alzó la barbilla.

–Buenos días.

Santiago levantó los ojos del periódico un segundo, pero no respondió. Lily se sentó en una silla
frente a él, y cruzando los brazos en un gesto inconsciente de protección, examinó el perfil del hombre.

–¿Dónde están Dan y Rachel?

Tampoco obtuvo respuesta.

–Te estoy hablando a ti –dijo ella, molesta con su
actitud, mientras él continuaba mirando el periódico–. ¿Es mucho pedir un poco de cortesía?

Santiago dejó el periódico a un lado. Muy despacio levantó los ojos hacia ella.

–Francamente, sí –dijo sin alterar la expresión–.

¿Estás enfadada porque no me he fijado en las moles-
tias que te has tomado con tu aspecto esta mañana?
–sugirió él, recorriendo la figura femenina con una
lentitud y una insolencia inesperada–. Me he fijado.

Por momento sus miradas se cruzaron y el destello
de deseo provocó un violento espasmo en Lily. Tratando desesperadamente de ignorar la oleada de sofocante calor que la envolvió, Lily levantó la barbilla
en un gesto de desafío.

–No creas que lo he hecho por ti.

–¿Así que Dan es el afortunado? Tendré que advertir a tu amiga.

Lily echó la cabeza hacia atrás.

«Me considera una fresca y una manipuladora.
¿Por qué no darle lo que quiere?»

–Dan no es mi tipo, pero por supuesto si lo fuera
se lo robaría a mi mejor amiga sin dudarlo.

–¿Y cuál es tu tipo?

«Tú». Se le heló la sangre al darse cuenta de lo
cerca que había estado de decirlo en voz alta.

–Tengo un pésimo gusto para los hombres –dijo
con voz ronca.

–¿Uno de esos hombres es responsable de tu... estado actual?

–¿Estado? –sin darse cuenta Lily se llevó la mano
al abdomen–. No estoy embarazada, si es lo que estás
insinuando –le dijo, luchando contra las lágrimas con
el único arma que tenía, la ira.

–No era lo que estaba insinuando. No tienes en
absoluto cara de embarazada.

Resuelta a no dejar ver el profundo impacto que
su comentario tuvo en ella, Lily respondió con una
risa despreocupada.

–Siento que no te gusten mis nuevos pómulos,

pero yo me gusto más así. La ropa me queda mejor –dijo alisándose la falda.

–La ropa siempre te ha quedado bien –le dijo él sin sarcasmo–. Aunque estás mucho mejor sin ropa.

El silencio que los envolvió era tan tenso que se podía cortar.

–No seas infantil –le dijo ella, poniéndose a la defensiva–. ¿Qué más da? –dijo con un encogimiento de hombros.

Aunque seguía habiendo una fuerte atracción entre ellos, era lo de menos. No había posibilidad real de retomar su relación. Habían ocurrido demasiadas cosas.

–No te preocupes. En cuanto pueda pondré una disculpa y me iré.

–Quieres decir que mentirás –dijo él–. ¿Por qué será que no me sorprende?

–Mira, esto me gusta tan poco como a ti –exclamó ella, pasándose una mano por la frente. No estaba segura de cuánto más podría soportar tenerlo tan cerca sin derrumbarse por completo–. Al menos tú sabías a lo que venías. ¿Por qué no tratamos de llevar lo mejor posible esta horrible situación?

–¿Lo mejor posible? –repitió él, apretando la mandíbula–. Qué estoico y británico por tu parte.

–Soy británica –le recordó ella.

–Yo no –respondió él–. No soy estoico; soy español.

A pesar de la terrible situación, o quizá por ella, el comentario arrancó una carcajada a Lily. Ése era el legado del que Santiago tanto se enorgullecía. No había estado nunca tan claro.

–Sólo estaba pensando que se nota. Dices lo de ser español como si fuera una amenaza.

–¿Tú crees? –Santiago alzó los ojos y se encogió de hombros, pero no negó la acusación–. Simplemente es un hecho. Es lo que soy –dijo, mirándola con ojos tan penetrantes que ella sintió ganas de salir corriendo–. ¿Has dormido bien?

–Estupendamente –dijo ella, consciente de que las ojeras que no había logrado ocultar del todo con el maquillaje eran buena prueba de lo contrario.

–Entonces sería otra persona quien ha estado paseando toda la noche –dijo él–. Por si lo has olvidado, mi habitación está al lado de la tuya y los suelos de madera crujen a cada paso.

Para ocultar el color que le cubrió la cara, Lily se agachó para ajustarse una cinta de la sandalia.

–Me dolía la mano.

Algo brilló en los ojos masculinos.

–No sería la primera vez que no me dejas dormir –reconoció él con voz ronca–. ¿Quieres que te cambie la venda?

Ella negó con la cabeza, sin mirarlo.

–No era sólo eso. Mi cama es muy incómoda y las almohadas deben de tener piedras.

–La mía no –dijo él.

–¿Me la estás ofreciendo? ¡Qué caballeroso de tu parte! –dijo ella que apenas pudo oír sus palabras por el fuerte retumbe del corazón.

–Estaba pensando más bien en... compartir. Tengo entendido que no eres una mujer libre.

Lily se tensó visiblemente y lo miró con expresión de impotencia.

–Estoy divorciada, pero ¿cómo...?

–Aunque estar casada nunca te ha cohibido, ¿verdad? –las palabras masculinas le cortaron el alma como si fueran un bisturí.

Lily alzó las manos con las palmas hacia arriba en un gesto inconsciente de sumisión.

—¿Cómo se supone que tengo que responder a eso?

Con las facciones tensas, Santiago se apretó las sienes con las puntas de los dedos.

—Ser soltera no te va —dijo con voz áspera.

—A mí me gusta —mintió ella inmediatamente.

—Tienes pinta de no haber tomado una comida decente desde hace semanas, y no me vengas con esa tontería de tu nueva imagen. Para empezar, tu antigua imagen era mucho más atractiva, y además, tu amiga ha insinuado que has tenido problemas.

Lily se encogió de hombros, aparentemente sin inmutarse.

Santiago se levantó y fue hasta la ventana.

—Supongo que fue por un hombre —le dijo, de espaldas a ella.

Lily miró los anchos hombros y la espalda y sonrió amargamente.

—Más o menos, sí —dijo—. Me sorprende que Rachel no te diera más detalles de mi vida privada. ¿Te dijo lo de mi divorcio?

La próxima vez que viera a Rachel a solas iba a tener que decirle que no dijera ni una palabra del hijo que había perdido.

—Me lo dijo Dan. Dijo que tu marido te abandonó. No es un secreto, ¿verdad?

—No, no es un secreto.

—Y después sufriste una crisis nerviosa por otro hombre. ¿Te ha pasado algo más de interés?

«Iba a tener a tu hijo y lo perdí. ¿Te parece bastante interesante?» Lily se tragó la contestación y se llevó la mano al pecho para poder responder.

–Eres un cerdo sin sentimientos, y siento decepcionarte, pero no, no he sufrido ninguna crisis nerviosa.

–¿Por qué te dejó tu marido? ¿Por demasiadas infidelidades? –continuó él en un ataque implacable.

Lily respiró profundamente y se obligó a soltarse las manos que tenía apretadas sobre el pecho.

–Una fue más que suficiente.

–¿Me estás diciendo que yo fui el único? –dijo él, y soltó una carcajada burlona que resonó en toda la cocina–. Me hace sentir muy especial –le aseguró con desdén.

–Me voy –dijo ella, vencida por dentro–. No sé cómo he podido aguantar tanto.

–¿Te vas? Sí, claro, segura de que tu amiga saldrá corriendo detrás de ti...

Lily, que ya estaba saliendo por la puerta, se detuvo y se volvió hacia él.

–No le has dicho nada, ¿verdad?

–¿Tú qué crees? –dijo él, y sacudió con la cabeza–. ¡Qué poco me conoces!

–¡Ojalá no te conociera! ¡Ojalá no te hubiera conocido nunca! –gritó como una niña, y se fue corriendo.

Pero no era cierto. Aunque tuviera una varita mágica y pudiera borrar aquellos breves días de intensa felicidad no lo haría. Después de toda la angustia y todo el dolor del último año, por nada del mundo quería privarse de la intensa experiencia de enamorarse de Santiago.

Capítulo 9

LILY, ¿qué estás haciendo?

Lily dejó caer la pila de troncos de leña que llevaba y se volvió a mirar a su amiga con expresión de culpabilidad.

–¡Deja eso ahora mismo! –le ordenó Rachel con las manos en las caderas.

–El médico me dijo que un poco de ejercicio me vendría bien –protestó Lily.

–Me temo que el médico se refería a un paseo por el campo, no a cargar leña como una mula –Rachel se volvió a mirar al hombre alto que las contemplaba de pie desde el umbral–. ¡No te quedes ahí, recoge eso! –y se volvió a Lily–. Cualquiera pensaría que quieres hacerte daño.

Esta vez Lily no escuchó sus palabras. Tenía los ojos clavados en la figura alta y silenciosa que continuaba mirándola desde la puerta. Sus miradas se unieron, y la fuerza del contacto la golpeó como un mazo.

Lily cuadró los hombros, tratando de recobrar fuerzas. Rachel se acercó a ella.

–No tienes muy buena cara. ¿Cómo has podido ponerte a cargar leña? –le reprochó poniéndole una mano en el brazo–. Ven a sentarte.

–Por el amor de Dios, no pesan y no soy una inválida. Ya han pasado seis meses.

En el momento en que las palabras salieron de su boca Lily se dio cuenta de su error.

Santiago, que hasta el momento había estado en silencio, hizo la única pregunta que no debía.

–¿Seis meses desde qué?

–Desde nada.

–Desde que perdió el niño.

Las dos frases contradictorias fueron pronunciadas a la vez.

Lily se encontró mirando directamente a los ojos negros de largas pestañas que era el único sitio donde no quería mirar.

«Tranquilízate, Lily. Sólo parece que puede leerte el pensamiento. Pero no es verdad».

Se hizo un breve silencio cargado de tensión y por fin Santiago habló en una voz que no era tan serena ni segura como de costumbre.

–¿El niño? Estabas embarazada.

Horrorizaba Lily sintió las lágrimas que le llenaban los ojos, y sin poder evitarlo dio media vuelta y fue a las escaleras. Las subió de dos en dos y no se detuvo hasta llegar a la pequeña habitación del desván.

–Todavía está muy reciente. No le gusta hablar de eso –dijo Rachel, que se sentía obligada a ofrecer algún tipo de explicación sobre la extraña conducta de su amiga hacia aquel hombre español sofisticado y urbanita–. Estaba de seis meses cuando descubrieron que el corazón había dejado de latir.

–¿El niño murió? –preguntó mientras hacía unos rápidos cálculos mentales.

Si había perdido al niño hacía seis meses a los seis meses de embarazo... el niño podía ser suyo.

–Y encima tuvo que pasar por el parto sabiendo

que... –Rachel se interrumpió y miró a Santiago, que había empezado a amontonar mecánicamente los troncos en la cesta junto a la puerta–. Sólo de pensarlo se te parte del corazón. Y por si no fuera poco, algo fue mal después del parto y tuvieron que meterla en el quirófano.

Tras un silencio de treinta segundos Santiago se levantó.

–¿La operaron? –dijo, sacudiéndose los pantalones. Después levantó la cabeza y la rígida expresión de las facciones sorprendió a Rachel–. Por eso ha adelgazado tanto. ¿Dónde estaba su familia y sus amigos? –preguntó a la joven rubia en tono acusador.

A la defensiva, Rachel respondió tratando de disculparse.

–Desde la muerte de su abuela el año pasado no tiene familia, y algunos hemos intentado ayudarla, pero es muy orgullosa...

–Y muy cabezota –dijo él.

Rachel no pudo evitar asentir.

–Dímelo a mí. Por desgracia esos días estuve fuera de Inglaterra y no me enteré hasta...

–¿Estuvo sola? –exclamó Santiago con los dientes apretados.

El embarazo de su hijo casi la mató y ¿dónde estaba él mientras ella luchaba por su vida? En alguna fiesta o recepción fácilmente olvidable. Hubo un tiempo en que incluso se convenció de que le gustaban.

–¿Te encuentras bien? –le preguntó Rachel preocupada por su expresión.

Pero el hombre no respondió sino que le dio la espalda, salió al jardín y se perdió de vista por el sendero.

Rachel fue a buscar a Dan, con las sospechas de que escuchar la tragedia de Lily había recordado a su amigo alguna tragedia personal. Encontró a su novio en el coche, escuchando los resultados de los partidos de críquet y se sentó a su lado. Cuando le había contado la mitad del incidente, se detuvo de repente.

–Ha dicho que ha adelgazado. ¿Cómo sabe que ha adelgazado? –se preguntó en voz alta.

–¿Adelgazado? Está gorda.

Rachel le dio un codazo en las costillas.

–No está gorda. Es por la ropa que lleva, tonto. Creo que se conocían.

Dan la miró con escepticismo.

–Me lo hubiera dicho.

–Supongo que sí –admitió Rachel–. A menos que...

–¿A menos que qué?

–Dan, creo que Santiago es el camarero español de Lily.

Dan pensó que su amada había perdido el juicio.

Arriba en su dormitorio, Lily se tumbó en la cama y cerró los ojos, pensando que no podía haber mejor manera de despertar sus sospechas.

De hecho, tampoco entendía por qué le preocupaba tanto. No importaba que lo supiera. Seguramente lo sorprendería, pero enseguida se daría cuenta de que no tenía ninguna responsabilidad y eso lo aliviaría.

«¡No quiero ver ese alivio!»

Ella había perdido a un hijo que lo era todo para ella. No esperaba que Santiago compartiera su dolor, pero no quería verlo pensando que se había salvado por los pelos.

Emocionalmente exhausta, debió quedarse dormida porque unos golpes en la puerta la despertaron.

–¡Vete, Rachel, por favor! Estoy durmiendo –suplicó sin levantarse de la cama.

Lo que menos necesitaba en ese momento era un interrogatorio de su amiga.

La puerta se abrió.

–No soy Rachel.

Después de mirar durante un momento interminable al hombre moreno y alto que ocupaba todo el marco de la puerta, Lily cerró la boca y se recuperó de su parálisis.

Con toda la dignidad que pudo reunir, bajó las piernas al suelo y se sentó en la cama a la vez que se arreglaba la coleta.

–¿Está lista la cena? –preguntó ella, aunque la sola mención de la comida le daba náuseas.

Él la miró como si hubiera perdido la cabeza.

–No tengo ni idea.

–Qué pena, me apetecía tomar algo –exclamó ella alegremente–. ¿Entonces para qué...?

Santiago no respondió; se limitó a mirarla con una intensidad que hacían desvanecer todos los intentos de mantener la situación como si no pasara nada.

–Para que me digas si estabas embarazada de mi hijo.

Lily se puso en pie de un salto y fue hacia él para meterlo a la fuerza en el dormitorio.

–¡Por el amor de Dios, no hables tan alto! ¡Y cierra la puerta!

Santiago no hizo ninguna de las dos cosas.

–Estoy esperando.

Lily soltó un largo y frustrado suspiro.

–Era una sugerencia, no una orden. Ahora por favor, por favor, cierra la puerta para que no nos oigan –le suplicó.

Santiago así lo hizo.

–¿Te preocupa que tus amigos sepan que fuimos amantes?

«Amantes».

Lo dijo con tanta indiferencia como si estuvieran hablando del tiempo, pero al oír su relación descrita con esa palabra y con la voz rica y grave de Santiago un estremecimiento de deseo recorrió el receptivo cuerpo femenino.

–Ya lo creo que me preocupa –dijo ella–. No me gusta proclamar mis errores a los cuatro vientos. Y tú fuiste el que simuló no conocerme cuando llegué.

Los labios de Santiago se curvaron en una irónica sonrisa al recordar el momento cuando la vio allí de pie. Cada vez que pensaba en esos segundos antes de que la razón y el orgullo se impusieran y recordaba la alegría que se filtró por todas las células de su cuerpo, sentía una oleada de náuseas contra sí mismo.

–Me limité a seguirte la corriente –dijo él.

–Seguro. Sería la primera vez –se burló ella, furiosa.

–¿Qué quieres decir con eso? –preguntó él con una peligrosa sonrisa que no le llegó a los ojos.

–Lo que quiero decir es que tú nunca sigues la corriente a nadie, o por lo menos no a mí. Eres autocrático, autoritario y nunca se te ocurre que la gente no quiera hacer lo que tú quieres –le espetó ella–. Y un consejo, si quieres una relación duradera más vale que empieces a dar un poco más y a pedir un poco menos –concluyó ella, temblando de ira.

Aunque el desahogo le sentó bien, Lily no estaba muy segura de lo que había dicho.

–Tenía la impresión de que sólo tomé lo que tú estabas ansiosa por darme –dijo él con la voz ronca.

Sin fuerzas, Lily se dejó caer en la cama.

–No estaba buscando marido –dijo amargamente–. Sólo un poco de diversión.

–¿Y eso fui yo para ti? –dijo él, a la vez que el músculo del pómulo latía como una bomba de relojería.

–¿Qué si no?

Si antes Santiago estaba enfadado, ahora estaba encolerizado. Lily sintió el corazón en la garganta mientras lo veía hacer un esfuerzo sobrehumano para contener su ira.

–Ya tenías un marido, ¿verdad, Lily? Aunque no entiendo tu elección de... amante. Me sorprende que estuvieras dispuesta a acostarte con un cerdo tan arrogante, egoísta y manipulador.

–Cuando me acosté contigo no lo sabía, y en la cama no eres egoísta.

Lily escuchó el fugaz gemido en la garganta masculina y de repente quedó paralizada porque en lugar de hostilidad la habitación hervía con una emoción igual de volátil pero infinitamente mucho más peligrosa: la atracción sexual que flotaba en el aire entre ambos.

–Tú tampoco –reconoció él con la voz pastosa.

De afuera llegaba el canto de un pájaro. El sonido contrastaba con la tensa atmósfera de la habitación.

–Como he dicho, fue un error. Uno del que no me siento muy orgullosa.

Un destello sombrío y peligroso brilló en los ojos oscuros de Santiago y sus facciones se endurecieron. Éste cruzó las manos apretadas al pecho.

–¿Y ese error incluía quedarte embarazada?

Capítulo 10

EN SILENCIO, Lily se quedó mirándolo hasta que logró reunir un poco de valor.

–¿Por qué quieres saberlo?

Santiago apretó la mandíbula y la miró furioso e incrédulo.

–¿Cómo que por qué?

–Sólo nos acostamos juntos –dijo ella tratando de restar importancia al hecho y deseando que Santiago se pusiera tan encolerizado que se olvidara de su objetivo original–. Es parte del pasado, y no un pasado muy importante.

Con una objetividad que no sentía, vio los músculos temblar en el rostro masculino y el sudor en los pómulos y en las sienes. Era la personificación de la ira mediterránea; era el hombre más apuesto que había visto jamás.

Incluso en medio de toda la rabia que lo embargaba, la mirada de Santiago se desvió hacia los dedos esbeltos de Lily que jugaban nerviosamente con el borde del escote. El escote en pico dejaba ver el principio de los senos cremosos y suaves, y el cuerpo masculino reaccionó con una violencia inesperada.

–Piénsalo –insistió ella–. ¿Qué más da? Ya no hay niño. Ahora ya no.

Santiago se estremeció al oírla, pero su expresión no se ablandó.

–¿Era mío el niño, Lily? Sólo te pido que me digas sí o no. ¿Tan difícil es?

Muchísimo, ella lo sabía. Lo que no entendía era por qué le resultaba tan duro. ¿Por qué no podía decirle que sí, que era su hijo y terminar de una vez?

La estrategia de Lily de retrasar el momento empezaba a tener efectos visibles en la cólera masculina.

–Te lo pregunto por última vez ¿Era mi hijo? –preguntó él, una vez más.

–No respondo bien a un ultimátum, Santiago.

–Y yo no respondo bien a la mentira, Lily –respondió él.

–No te he mentido.

Él arqueó una ceja con sarcasmo. Lily hundió los hombros y asintió débilmente.

–Creo que era tuyo.

–¿Crees?

Lily apenas lo oyó. Por un momento volvió a revivir la sensación de tener el diminuto cuerpo sin vida en los brazos. El dolor y la pérdida, la sensación de total impotencia amenazaban con hundirla de nuevo en el abismo del vacío más insoportable. Apenas notó las manos de Santiago en los hombros y a él poniéndose en cuclillas delante de ella.

–Respira profundamente –le ordenó él.

La preocupación latente en la orden de Santiago la obligó a mirarlo. Tenían las caras muy cerca, y ella aspiró la fragancia del cuerpo masculino, lo que trajo nuevos recuerdos a su mente.

Los recuerdos intensificaron la sensación de doloroso vacío en el vientre y Lily sintió los dedos del hombre sujetándole por la clavícula antes de apartar las manos por completo.

—No seas bueno conmigo —le suplicó ella con voz ronca.

—Haré todo lo que pueda para no serlo —le prometió él.

Con un suave gemido, Lily giró la cabeza.

—No —Santiago le sujetó la barbilla con los dedos—. No vuelvas la cara, Lily —dijo, volviéndosela hacia él.

Lily sintió que se le partía el corazón.

—¿Qué soy ahora, un monstruo? —preguntó él.

—No —reconoció ella con voz ronca—, pero cuando estás furioso eres muy cruel —le dijo recordando el pasado.

Cuando él había descubierto su mentira, cuando había sabido que no era viuda sino que todavía seguía casada, se había puesto furioso.

—Tienes razón —admitió él—. Pero tú tienes la extraña capacidad de sacar lo más extremo de mí. Sea de ira... —los ojos masculinos descendieron hasta sus labios—,... o de pasión... —el pulgar dibujó la curva de los labios.

Un profundo suspiro vibró por todo el cuerpo femenino, que se inclinó hacia él como atraído por un hilo invisible y apoyó la cabeza en su pecho. Ninguno de los dos habló mientras ella permaneció así, absorbiendo su fuerza. Por fin, cuando Lily levantó la cabeza se apartó unos mechones de pelo de la cara y aspiró profundamente.

—Está bien, ¿qué quieres saber? —preguntó, mirándolo a los ojos.

—¿Cuándo... cuándo...?

A Lily no le costó entender la pregunta.

—Estaba en el sexto mes.

Lo vio tragar saliva con un gesto cargado de dolor.

—A veces los niños nacidos en ese mes sobreviven, ¿no? —preguntó él.

Lily asintió, y permaneció unos minutos en silencio.

—Pero mi hijo ya estaba muerto —dijo por fin, recordando el terrible momento en el que la enfermera que le estaba haciendo la ecografía le sonrió con gran profesionalidad y se disculpó.

—Tengo que ir a buscar al médico un momento —le había dicho.

La sonrisa profesional no la engañó; Lily sabía que algo iba mal. El médico, con sus ojos cansados y amables, le sostuvo la mano mientras le daba la noticia.

—¿Está... totalmente seguro?

—Sí. Naturalmente haremos otras pruebas. ¿Puede ponerse en contacto con su marido, su compañero?

Lily negó con la cabeza.

—No, ahora estoy sola.

—¿Quiere que llame a alguien?

—No, estoy bien, gracias.

—Nuestro hijo.

Todavía absorta en la pesadilla de los recuerdos, Lily levantó los ojos y miró a Santiago.

—¿Perdona?

—Nuestro hijo. El niño era nuestro hijo, y por lo visto no se te ocurrió decírmelo —dijo él, con voz inexpresiva, pero con una mirada dura e implacable clavada en su cara.

Lily, que hasta hacía un segundo había estado completamente pálida, se puso roja de ira.

—Supongo que estaba preocupada por otras cosas —le espetó—. No era mi intención no decirte nada.

—Eso me resulta difícil de creer. ¿Cuánto cuesta

descolgar un teléfono y llamar? –preguntó él, abriendo las palmas de las manos.

–¡Y supongo que tú hubieras creído sin dudarlo ni un momento que tú eras el padre! –dijo ella.

Sin embargo, a pesar de su desafiante actitud, estaba profundamente afectada por la intensidad de su reacción. Al menos no había sido de alivio ni de indiferencia.

–Tenía que pensar en qué haría si tú decidías ir a los tribunales para negar la paternidad –continuó ella en tono más tranquilo.

–¿Negar la paternidad? –preguntó él incrédulo

–¿No es eso lo que hacen los famosos cuando no quieren reconocer a un hijo?

Santiago torció los labios de asco.

–Yo no soy famoso.

–Sales siempre en los periódicos y tienes mucho dinero.

–Yo no busco la publicidad, y me gusta proteger mi vida privada.

–No la protegiste mucho cuando acompañaste a Susie Sebastián a aquella entrega de premios con un vestido totalmente transparente...

–¿Podemos olvidarnos de eso? –dijo él–. ¿O piensas correr con esta historia a los periódicos?

–Muy gracioso –dijo ella, segura de que no lo decía en serio.

Pero por un momento, al oír sus palabras en voz alta, las dudas volvieron y temió que lo hubiera preguntado en serio. Inmediatamente la expresión de Santiago la tranquilizó. Al menos no la creía capaz de eso.

–Todavía no estoy tan mal económicamente –en realidad estaba peor. Lily prefirió no pensar en ese

momento en sus dificultades financieras y provoca-
doramente añadió:– Aunque en el futuro, ¿quién
sabe?

–¿Por qué piensas que hubiera negado la paternidad de nuestro hijo?

Lily ladeó la cabeza para mirarlo y se encogió de
hombros.

–Debes reconocer que la idea de aceptar la paternidad de mi hijo en mis circunstancias da un poco de
risa.

–¿Me estoy riendo?

Capítulo 11

ASUMISTE sin más que no querría participar de forma plena y activa en la vida de mi hijo —dijo él.

—¿Qué me estás diciendo? ¿Que me hubieras pedido en matrimonio?

—Eso habría sido difícil, porque ya estabas casada, Lily.

Lily fue incapaz de resistirse cuando, sin avisar, él le tomó la mano izquierda, le miró el dedo índice y después, girando la mano despacio, le miró la palma. A ella le fue imposible apartar los ojos mientras él la acariciaba despacio con el pulgar.

—Te has quitado los anillos.

—Los regalé a una ONG —Lily retiró la mano—. Gordon se puso furioso. Y seguramente tenía razón. Fue un gesto que no me podía permitir.

—Si yo hubiera estado allí, quizá nuestro hijo no habría muerto —dijo él con un largo y pesado suspiro cargado de remordimientos.

Después, con la cabeza entre las manos, se sentó en la cama junto a ella.

En sus palabras Lily no oyó los remordimientos, sólo la acusación contra ella, no el reproche contra sí mismo por no haber estado a su lado en lo que suponía habían sido los peores momentos de su vida.

—¿Estás diciendo que fue por mi culpa? —exclamó

ella con rabia–. Seguro que crees que habría sido una pésima madre.

–Al menos tú habrías tenido la oportunidad de intentarlo –dijo él mirándola–. Yo ni siquiera habría podido conocerlo. Incluso podría cruzármelo por la calle y no saber que era mi hijo –añadió atormentado–. Me habrías negado a mi hijo.

La cara de Lily se desencajó por completo.

–Nuestro hijo nos fue negado a los dos –dijo tratando de reprimir el llanto.

Pero fue imposible. Cubriéndose la cara con las manos le dio la espalda. Por momento, Santiago la contempló en silencio antes de abrazarla y pegarla contra él.

–Lo siento –dijo en voz baja–. Tuvo que ser una terrible experiencia para ti, lo sé, pero acabo de saber que estuve a punto de tener un hijo y lo perdí en una hora.

Lily levantó la cara llena de lágrimas y se volvió a mirarlo.

–Dicen que el tiempo lo cura todo, pero no estoy segura de que sea cierto –susurró, vencida por el dolor y los recuerdos.

Santiago le sujetó la coleta con la mano y se envolvió unos mechones alrededor de los dedos.

–Sé que has sufrido terriblemente, y no quiero que me malinterpretes, pero necesito saber una cosa.

–Pregunta.

–¿Pensabas hacer pasar al niño por hijo de tu marido?

Lily se tensó de rabia y desprecio.

–¡Eres el hombre más abominable que conozco! ¡Estás acusándome de hacer pasar el hijo de otro por hijo de mi marido! –exclamó ella–. Cuando Gordon me dejó ni siquiera sabía que estaba embarazada.

–Y cuando lo supiste tu primera reacción fue comunicárselo al padre –dijo él irónicamente.

Lily apretó la mandíbula y sintió que los ojos se le volvían a llenar de lágrimas, pero se negó a derramar una más. Lo que necesitaba para defenderse de sus terribles acusaciones era fortaleza, no llanto.

–Ahora es muy fácil hacerte el ofendido –lo acusó ella con la voz cargada de emociones encontradas–, ahora que ya no hay niño.

–¿Crees que esto me hace feliz? –gritó él furioso.

–Aunque hubiera querido –continuó ella tan furiosa como él–, no lo habría podido hacer pasar por hijo de Gordon. Hacía tiempo que no... –se interrumpió y se ruborizó hasta la raíz del pelo–. Bueno, el caso es que no lo hice –terminó.

–¿Hacía tiempo que no qué? ¿Que no teníais relaciones?

Lily hizo un esfuerzo para mantener la calma, aunque por dentro estaba temblando de rabia.

–No tengo intención de hablar de mi vida privada contigo.

–¿Por eso te acostaste conmigo? ¿Porque querías un hijo, y tu marido no?

–¿De verdad me crees tan manipuladora?

Lentamente, Santiago sacudió la cabeza y sintió cómo la ira iba abandonando su cuerpo y la sensación se tornaba en una profunda tristeza.

–No –dijo apartando la mirada. Después volvió a mirarla–. Sabes cuándo debió ocurrir, ¿verdad? Tuvo que ser la primera vez.

–Probablemente –reconoció ella, tratando de no recordar las caricias del aire cálido de la noche en su piel desnuda.

Nunca se le había ocurrido que algún día sería capaz de hacer el amor con un hombre en pleno día y al aire libre. Aunque el lugar no era precisamente público. Era una casa en la montaña tan aislada y de tan difícil acceso como Santiago había sugerido. Durante todo el trayecto no habían encontrado ni un solo coche y en el lugar no había ni un alma. Sólo ellos dos.

—¿Por qué nos detenemos? —había preguntado ella.

—Baja —le había dicho él, apeándose del coche—. Quiero enseñarte una cosa.

La había tomado de la mano y la había llevado hasta un bosquecillo de cedros centenarios. Atravesaron el bosquecillo y Lily se detuvo en seco ante la espectacular vista que se abría ante ellos.

—Es increíble, ¿verdad? —dijo él indicando la impresionante panorámica.

—Sí, increíble.

Santiago había vuelto la cabeza y la había sorprendido mirándolo a él, no al paisaje. Ella vio primero la sorpresa en sus ojos, y a continuación el deseo.

—¿Hay gente por aquí? —preguntó.

—No —dijo él con voz ronca—. La finca es mía. Es un lugar especial y tú eres una mujer especial, Lily.

Lily todavía recordaba el nudo en la garganta que le había impedido hablar cuando él le tomó la cara con las dos manos.

—Será mejor que volvamos —dijo él de repente, soltándola casi inmediatamente.

Ella sacudió negativamente la cabeza y se mordió el labio inferior.

—¿No podemos quedarnos un poco más? —sugirió con los ojos entornados mientras observaba cómo los ojos masculinos se deslizaban lentamente por su cuerpo.

–No es una buena idea –dijo él con voz pastosa.

Lily alzó la barbilla.

–No quiero ser buena –le dijo, y deslizó las manos bajo la camisa. La piel del hombre era cálida y suave, y ella cerró los ojos y echó la cabeza hacia atrás mientras continuaba acariciándolo, suspirando sin ocultar el placer que le proporcionaba–. No tienes ni idea cuántas ganas tenía de acariciarte –confesó ella, viendo como él jadeaba cada vez más intensamente–. Desde el principio he deseado tanto hacer esto.

–Ya lo veo –dijo él, con la voz entrecortada por el deseo.

Lily se imaginó el cuerpo del hombre contra su piel y, con un estremecimiento, deslizó los dedos más abajo. Santiago masculló una maldición y se echó hacia atrás, sujetándola por las muñecas para impedir que la exploración fuera más íntima.

«No me desea», pensó por un momento.

Pero antes de sentirse totalmente hundida y humillada, Lily lo miró a los ojos y se sintió aliviada. No era la mirada de un hombre a punto de rechazarla, sino a punto de perder totalmente el control de su cuerpo.

–No sabes lo que me estás haciendo –susurró él.

Ella sonrió y se inclinó hacia delante hasta que sus labios estuvieron a menos de un centímetro de su boca.

–Yo creo que sí.

Santiago le enmarcó la cara y la besó con una pasión que a ella se le doblaron las rodillas. Él se deslizó hasta el suelo, y la tumbó sobre él.

Por un momento ella no se movió, sólo se quedó allí, en la misma postura que él la había dejado, a la espera. Entonces él dijo:

–Bésame. Quiero que me beses.

Era una buena señal, pensó ella pegando su boca a la de él. Lo dos parecían querer las mismas cosas.

Un estremecimiento recorrió el cuerpo de Lily al regresar de nuevo al presente. Tragó saliva y miró a Santiago. Éste tenía la frente y las sienes cubiertas de una ligera capa de sudor, y el brillo febril en sus ojos dejaba claro que ella no era la única que recordaba lo ocurrido aquel día en la casa de la montaña.

Compartir aquellos recuerdos actuó como una especie de juego preliminar. Santiago la miró y después sus ojos bajaron a la cama. Lily sabía que debía dejar claro que aquello no podía suceder, pero no lo hizo. Ninguno de los dos habló. Las palabras no eran necesarias.

Lily sólo era consciente de los ojos oscuros y cautivadores, y de la necesidad que ardía en su cuerpo mientras se besaban, no con suavidad sino con una necesidad y una urgencia imperiosa. Cuando se separaron, Santiago la tomó de la mano y la tumbó en la cama. Después se tendió a su lado, y así estuvieron un rato, sin tocarse, sólo respirando.

–Una cosa que recuerdo es que, siempre que te acariciaba, estabas excitada –dijo él, deslizándole la mano por la cadera –. Y lista para mí.

Lily se humedeció los labios, tan excitada que apenas podía respirar. Cuando él deslizó la mano bajo la falda, tuvo que llevarse el puño a la boca para no gritar. Y cuando él acarició con los dedos el borde de encaje de la ropa interior, no pudo reprimir los gemidos que salieron de su garganta.

–Así es, déjate ir –susurró él con voz ronca, mirándola a la cara a la vez que le separaba las piernas y deslizaba los dedos en ella.

–¡Oh, Dios! –gimió Lily moviéndose contra su mano–. Te deseo...

–Me deseas.

–Te deseo tanto –gimió ella, mientras él le levantaba la falda–. Ahora.

Lily lo buscó y con manos urgentes trató de desabrochar la hebilla del cinturón. Pero Santiago le apartó las manos y se las sujetó por encima de la cabeza con una mano, mientras con la otra terminaba lo que ella había empezado. La soltó sólo momento para quitarse la camisa y los vaqueros.

Lily se sujetó con las manos a los barrotes de la cabecera de la cama y arqueó el cuerpo hacia él, y Santiago se deslizó dentro de su cuerpo. Ella cerró los ojos y sintió el cálido aliento masculino cuando él empezó a moverse dentro de ella. Se movió con él, en una mar de sensaciones que iban desde el placer a unas intensas ganas de llorar, hasta que de repente, sin aviso, sintió que la ola en la que iba montaba estallaba por todo su cuerpo y la envolvía en sucesivas oleadas de placer.

Capítulo 12

ERA la clase de pregunta que se hacía mucha gente. ¿Qué hacer si aprietas el freno y no ocurre nada?

Lily no esperaba averiguarlo, pero la situación se vio repentinamente complicada por la curva a la que se acercaba a bastante velocidad y el autobús de dos plantas que venía en dirección contraria.

Lily giró bruscamente el volante a la vez que bajaba rápidamente las marchas y, gracias sin duda a la suerte y a su rápida reacción, el coche acabó metido en la cuneta, con la parte delantera incrustada en unos arbustos y la puerta del conductor atascada parcialmente por las ramas de un árbol. Afortunadamente, Lily logró salir del coche con algunos rasguños, pero por lo demás ilesa.

El conductor del autobús se apeó con ganas de gritarle por conducir de manera tan peligrosa, pero cuando ella le explicó que le habían fallado los frenos se tranquilizó e incluso alabó la forma con que había logrado dominar el vehículo.

–Creía que me la iba a tragar –dijo el conductor, secándose el sudor de la frente con la manga–. ¿Han visto alguna vez un coche después de chocar de frente contra un autobús de dos plantas?

Ninguna de las personas que se habían arremolinado a su alrededor respondió.

–Porque no queda nada que ver.

Todos se echaron a reír, excepto Lily que empezaba a darse cuenta del peligro que acababa de vivir. Apretó los dientes e hizo un esfuerzo para que dejaran de castañetear.

–Cielos, qué suerte ha tenido –repitió por tercera vez una de los pasajeras del autobús.

Lily, consciente por fin de lo afortunada que había sido, asintió con la cabeza pero de repente todo a su alrededor se nubló por una décima de segundo. Le temblaban las piernas y apenas tenía fuerza para mantenerse en pie. Buscó un lugar a su alrededor para sentarse cuando un lujoso coche se detuvo a un par de metros de ella.

El conductor del vehículo se apeó y se plantó delante de ella en dos zancadas.

Oh, no, Santiago la había seguido.

Lily se humedeció los labios resecos con la punta de la lengua. Pálida pero decidida, esperó casi con resignación a ser el blanco de la ira de Santiago, como de costumbre.

Santiago, por su parte, estaba más que furioso. Seguramente más de lo que había estado en su vida, pero no debía extrañarle, se dijo al detenerse delante de ella. Aquella mujer era capaz de provocarle las reacciones emocionales más extremas.

Aunque esta vez prefería la ira a lo que sintió al ver el coche de Lily hundido en la cuneta casi incrustado contra un árbol. Una sensación tan devastadora y desgarradora que no quería volver a sentirla nunca más.

–Hola, Santiago –dijo ella, que nunca se había alegrado tanto de ver a alguien, a pesar de que estaba huyendo de él.

–¿Hola? –Repitió él, pasándose una mano por el

pelo, más aliviado ahora que estaba comprobando con sus propios ojos que sólo tenía unos rasguños–. ¿Estás herida? –preguntó preocupado, apoyándole las manos en los hombros y recorriéndole los brazos y el cuerpo para asegurarse de que no había lesiones.

Muy a su pesar, la reacción de Lily no fue precisamente la que se tiene en un reconocimiento médico.

–¿Qué haces aquí?

–¿Cómo que qué hago aquí? Me he despertado y no estabas.

–¡No grites! –le suplicó Lily, consciente del interés que su llegada había suscitado entre todos los presentes–. ¿No te ha dicho Rachel que me había olvidado de que tenía una cita?

–No insultes mi inteligencia, por favor. No soy la crédula de tu amiga –dijo él, ofendido–. Y por cierto, Rachel ha venido a ver cómo estabas y me ha encontrado dormido y desnudo en tu cama así que dudo que se haya tragado lo de la cita.

–¡No! –exclamó Lily horrorizaba.

–Sí y... –Santiago se interrumpió y estudió la cara blanca como el papel–. Siéntate antes de que te desplomes.

–Estoy bien –le aseguró ella, tan testaruda como siempre.

Plenamente consciente de los pulgares que estaban ahora apoyados en los huesos de sus caderas y los dedos curvados posesivamente sobre las nalgas, Lily intentó resistirse al deseo casi abrumador de apoyarse en él.

–¿Cómo has podido ser tan inconsciente? –preguntó él, levantando una mano para retirarle unos mechones castaños de la mejilla.

Lily procuró explicar lo sucedido con naturalidad.

–Me han fallado los frenos –empezó–. He querido frenar, y entonces venía el autobús, y...

–¿Que te han fallado los frenos? –la interrumpió él–. Dios, ¿qué demonios te pasa? ¿Cómo se te ocurre conducir por carreteras como éstas con un coche que debería estar en un desguace?

–Que no haya costado una fortuna y que no vaya a doscientos kilómetros por hora no significa que no funcione. Y para tu información, pasó la ITV el mes pasado.

–Deberían meter en la cárcel al responsable –exclamó él furioso.

Lily parpadeó ante la brusquedad de su reacción.

–Sólo ha sido un accidente.

–Ha sido un accidente. No ha sido culpa mía –repitió él, entre burlón y encolerizado–. No, nunca es culpa tuya, ¿verdad? Tú nunca tienes la culpa de nada. Tú vas por la vida destrozando vidas a derecha e izquierda, pero nunca tienes la culpa de nada.

Lily levantó una mano y se la pasó por la frente con gesto tembloroso. El gesto le daba un aspecto intensamente vulnerable, y Santiago palideció al verla tan desvalida.

Los puntos rojos que bailaban delante de los ojos de Lily habían empezado convertirse en una neblina más densa a través de la cual todavía podía ver la cara borrosa de Santiago.

–¿Qué vida he destrozado? –balbuceó.

–La tuya, la mía... –lo oyó decir antes de perder el conocimiento y desplomarse al suelo.

Lily sólo perdió el sentido durante unos minutos. Cuando volvió en sí estaba tumbada en la cuneta de hierba envuelta en algo cálido y pesado mientras alguien le sujetaba la muñeca con los dedos.

–El pulso está bien.

La cosa que la envolvía olía a Santiago. ¿Su chaqueta? Sí. Lily abrió los ojos y miró a los dos hombres que hablaban sobre ella.

–Sólo se ha desmayado, amigo. Yo no me preocuparía.

–Sí, estoy bien –dijo Lily.

–Ya se lo he dicho –dijo el conductor del autobús a Santiago, mientras éste se agachaba junto a Lily–. Un mareo por el susto. Aunque tenía que haberla visto cómo ha controlado el coche.

Santiago apenas lo escuchaba.

–¿Cómo te encuentras? –preguntó a Lily.

–Estoy bien –repitió Lily tratando de incorporarse, pero él se lo impidió con la mano.

–No te moverás hasta que venga la ambulancia. ¿Por qué estará tardando tanto? –preguntó mirando hacia la carretera.

Cuando se volvió hacia ella, todavía con el ceño fruncido, Lily reparó por primera vez en las marcas de gran tensión en su rostro.

–No necesito una ambulancia –dijo ella, haciendo a un lado la chaqueta de Santiago–. No seas exagerado. Y yo que pensaba que eras el tipo del hombre con recursos que siempre sabe salir de una crisis.

–Me da igual lo que creas que necesitas, o lo que pienses de mí –dijo él–. Porque no creo que tengas ni idea de lo que necesitas.

Furiosa Lily intentó incorporarse.

–A lo mejor tienes razón, pero lo que sí sé es lo que no necesito –dijo mirándolo fijamente a la cara.

–Pues aquí estamos los dos otra vez.

–No por mi culpa –replicó ella–. No debías haberme seguido.

–¿Y qué querías que hiciera? Te has ido sin decirme ni adiós.

Lily tragó saliva.

–Pensé que te aliviaría. Decir adiós es siempre difícil.

–No tenía ninguna intención de decirte adiós –dijo él.

Para frustración de Lily, el sonido de la sirena de una ambulancia interrumpió lo que él había estado a punto de decir.

Cuando la ambulancia llegó al hospital local Santiago ya estaba en la puerta de urgencias. Un par de horas después, una médico con los resultados de las radiografías y sus notas fue a dar el alta a Lily.

–Me temo que estará dolorida durante unos días, pero no tiene nada roto –le explicó–. Puede vestirse. Le diré a su compañero que puede llevarla a casa –la médica descorrió ligeramente la cortina–. Lleva toda la mañana paseándose por la sala de espera como un león enjaulado.

Lily apretó los dientes.

–No tengo compañero.

La médica sonrió y se colocó las gafas sobre la nariz.

–Dejaré que se lo explique usted personalmente. Me temo que es de esos hombres que no escuchan.

La médica no andaba muy desencaminada, pensó Lily mientras Santiago recogía la bolsa de plástico donde habían metido sus cosas y llevaba a Lily hasta el coche.

–Puede descansar en mi casa –dijo mientras la ayudaba a sentarse.

–¡No pienso ir a tu casa! –protestó ella.

Santiago cerró la puerta y rodeó el coche para sentarse detrás del volante.

–¿De verdad crees que te voy a dejar estar sola en el piso de Rachel? –preguntó él con incredulidad.

–Te he dicho que estoy bien –insistió ella.

–Ya sé que te gusta escuchar el sonido de tu voz, y reconozco que cuando no estás gritando tiene un sonido muy agradable, pero no quiero volver a hablar de esto –dijo él con absoluta serenidad.

Lily, que a causa del suave ronroneo del motor y el movimiento del coche estaba empezando a adormecerse, no estaba segura de si tomárselo como un cumplido o una orden.

–Estaría mucho mejor sola –dijo–, y estoy segura de que tú te alegrarás de perderme de vista.

–No es una cuestión de alegrías. En parte ibas conduciendo peligrosamente por mi culpa y debo aceptar al menos parte de la responsabilidad.

–Ya te lo he dicho, fallaron los frenos.

–Es tarde, los dos estamos cansados y no queremos decir algo de lo que nos arrepintamos. Esta noche te quedarás en mi casa. Mañana...

–¿Mañana se te habrán pasado los remordimientos?

Brevemente sus ojos se encontraron.

–Eso tardará bastante más.

Capítulo 13

LILY no lo esperaba, pero se quedó dormida en cuanto apoyó la cabeza en la almohada. La noche anterior llegó demasiado agotada para interesarse por el lugar, pero por la mañana tenía curiosidad por ver cómo era el hogar de Santiago en Londres.

La casa era enorme, de tres plantas, y según el ama de llaves que le había llevado una selección de ropa con el té de la mañana, tenía incluso una piscina y un gimnasio en el sótano.

–Cuando esté lista, el señor Morán la espera en el comedor. ¿Desea algo especial para desayunar?

–Gracias pero no tengo hambre.

–El señor ha dicho que diría eso –dijo la mujer–. Si no come nada tendré problemas –confesó.

La mujer no se comportaba como alguien temeroso de perder su trabajo, pero por no discutir Lily accedió.

–Unos huevos revueltos y un zumo, gracias.

–Excelente –sonrió la señora.

Media hora más tarde Lily, con una blusa de seda y unos pantalones negros de tela de corte clásico, entró en el comedor donde desayunaba Santiago. Él la miró de arriba abajo, pero no dio ninguna opinión sobre su aspecto.

–¿Has dormido bien?

A Lily, que al verse en el espejo del dormitorio de invitados le encantó su aspecto, le molestó su indiferencia.

–Sí, gracias. Tienes una casa preciosa.

–Eres muy amable –repuso él, cortés.

–¿Vives aquí con frecuencia?

–No tanto como para llamarla mi hogar.

–¿Qué hace que una casa sea un hogar? –preguntó ella.

–Prefiero poner mi fe en la gente que en los ladrillos.

–¿La casa está donde está el corazón? –sugirió ella, citando la frase de una famosa canción.

–Más o menos –dijo él. Más relajado, le sonrió–. Veo que la ropa te queda bien, y no –le aseguró con un divertido destello en los ojos–, no son de ninguna ex. Son de mi hermana.

–¿Cómo has sabido que pensé...? –empezó ella, pero se ruborizó y guardó silencio.

Evidentemente Santiago la conocía demasiado bien.

Los dos permanecieron en silencio hasta que ella se tomó la segunda taza de café. Entonces él dijo, como si fuera lo más normal del mundo:

–Tienes una cita con el ginecólogo ahora por la mañana. Si te parece bien, saldremos a las diez y media.

Lily se tensó. ¡Era increíble! ¿De verdad creía que podía chasquear los dedos y conseguir su total obediencia?

–Al único sitio donde voy a ir es a mi casa, y tú no vendrás conmigo. Mañana tengo que trabajar –le aseguró ella.

–Dadas las circunstancias, es aconsejable que te

hagas un chequeo. El doctor Clements te recibirá en su consulta.

–¡No necesito ir al doctor Clements o cómo se llame! –protestó ella–. Ya tengo ginecólogo de la Seguridad Social –se detuvo un momento y respiró profundamente–. No sé por qué tienes la equivocada impresión de que puedes organizar mi vida. A ver si te enteras de una vez: no necesito ningún ginecólogo privado, y además no puedo pagarlo.

Santiago se encogió de hombros con indiferencia y sacó una carpeta de la cartera que había apoyada contra su silla.

–No tienes que pagarlo.

Antes de que pudiera abrir la carpeta, Lily se levantó y se plantó delante de él. Jadeando, se inclinó hacia delante hasta que sus caras quedaron a la misma altura.

–Prefiero morir a aceptar tu caridad –dijo bajando el volumen de voz.

–Estuviste a punto de morir por mi culpa.

–¡No digas ridiculeces! –exclamó ella.

–El embarazo de mi hijo casi te mató –dijo él con los dientes apretados.

Lily lo vio todo reflejado en su sombría mirada: la pesada carga de remordimientos que arrastraba. Todo lo que estaba haciendo era para expiar aquella sensación de culpabilidad.

Fue a echarse hacia atrás, pero los dedos morenos del hombre la sujetaron por el antebrazo. El dolor en su pecho se intensificó. No quería sus remordimientos. Lo que quería era su amor, pero eso no era lo que él le ofrecía.

–No estuve cuando...

–Hubiera dado igual –le aseguró ella.

–Puede, pero nunca lo sabremos –dijo él, enco-giendo ligeramente los hombros–. El caso es que ahora estoy aquí y quiero ayudarte.

–¿Y qué esperas, mi gratitud? –Lily vio la perple-jidad en los ojos oscuros, pero continuó hablando sin permitirle responder–. Lo que tienes son remordi-mientos. Es cosa tuya, yo no te he pedido que los ten-gas. De hecho yo nunca te he pedido nada –declaró, y continuó con una lista de todo lo que no quería de él–. No quiero tu dinero; no quiero tus remordimien-tos, no quiero que interfieras en mi vida y conspires con mis amigos... –se interrumpió con una mueca de dolor al sentir los dedos masculinos clavados en su brazo con fuerza.

Santiago la soltó al instante y retiró la mano. La rozó brevemente con la mirada, pero enseguida bajó los ojos antes de que ella pudiera analizar la inquie-tante expresión que se adivinaba en ellos.

–Lo siento –Santiago se levantó y fue a la ven-tana.

–¿Tanto como para permitirme salir por esa puerta y dejarme en paz para siempre?

Hasta expresarlo en voz alta Lily había estado se-gura de que era eso lo que deseaba. Pero ahora que la posibilidad estaba ahí, ya no lo tenía tan claro. So-naba a la separación definitiva. Y le daba auténtico pánico.

«Eso es lo que necesito», se aseguró, irritada por las dudas que la acosaban.

–No quieres que te deje en paz –dijo él, volvién-dose hacia ella.

La afirmación estaba tan cerca a sus propios pen-samientos que Lily se sonrojó y se apresuró a respon-der:

–Sí, claro, me encanta que alguien empiece a mangonearme y a decidir qué tengo que hacer –exclamó–. ¡Soy muy capaz de cuidar de mí misma!

Los músculos alrededor de la boca masculina se contrajeron.

–Tienes un desprecio casi absoluto hacia tu salud.

–¿Preferirías que fuera una hipocondríaca?

Santiago suspiró, cansado de una discusión que en su opinión no les llevaba a ninguna parte. Miró a Lily a la cara durante un largo rato, y tras un silencio ella lo vio tragar saliva.

–¿Tienes idea del aspecto tan terriblemente... frágil que tienes?

Inconscientemente Lily se llevó una mano al cuello.

–Eso te lo hice yo –añadió él, con amargura.

–Santiago, tú no me has hecho nada.

–No estuve a tu lado cuando me necesitabas, pero ahora lo estoy.

–¿Qué te ha hecho pensar que te necesito?

–Ver tu coche hundido en la cuneta.

Incapaz de responder a eso, Lily bajó la mirada. A veces era mejor aceptar la derrota a seguir luchando.

–Iré a ver a ese maldito médico –accedió por fin con los dientes apretados.

Cuando se acercaban a la consulta del médico, sonó el teléfono móvil de Santiago. Éste lo sacó del bolsillo y miró la pantalla.

–Tengo que responder –le dijo él–. Entra tú, yo iré enseguida.

–Por mí no hace falta que te des prisas.

En el interior, la sala de espera del médico era bastante más lujosa que la consulta del ambulatorio de la seguridad social a la que solía ir. Sólo había un hombre sentado en uno de los sillones y medio oculto tras las páginas abiertas de un periódico. Ella se sentó en un sillón frente a él.

–¿Le apetece tomar algo? ¿Té, café? –preguntó solícita la recepcionista.

–No, gracias.

–El doctor no tardará –le prometió la mujer, y se excusó con una sonrisa.

Lily tomó una revista de la mesa y empezó a pasar la hojas sin demasiado interés.

–¿Disculpe?

Con una sonrisa, Lily apartó la rodilla y el bolso para dar acceso al otro hombre a las revistas.

–Perdón... –la sonrisa se le quedó helada en los labios–. ¿Gordon?

–Lily, por el amor de Dios, qué sorpresa –su ex marido se aclaró la garganta –Estoy aquí con Olivia –balbuceó mirando hacia la puerta cerrada de la consulta.

–Ya me imaginaba que no venías por ti –dijo Lily.

–Está embarazada.

A juzgar por el lugar donde se hallaban, la noticia no resultaba en absoluto una sorpresa.

«Parece que Gordon sólo no quería tener hijos conmigo», pensó.

–Enhorabuena.

Gordon frunció el ceño. Era evidente que la serena respuesta de su ex mujer lo sorprendió.

–Los dos estamos muy contentos.

En ese momento Lily vio con toda claridad que Gordon no tenía poder para herirla desde hacía mucho tiempo.

–Estoy segura –dijo ella–. Tienes buen aspecto. Tu nueva vida sienta bien –añadió.

La piel clara y pecosa de Gordon, aunque no bronceada, había adquirido un tono un poco más rojizo y las pecas se notaban más que antes.

–Sí, me siento como un hombre nuevo.

«Sí, el antiguo necesitaba un buen repaso», pensó ella sonriendo educadamente.

–Y tú estás... –la respuesta automática se interrumpió cuando el hombre la miró de arriba abajo, como si la viera por primera vez–. Cielo santo, Lily, estás preciosa –le aseguró–. Muy delgada.

El contraste entre la reacción de su ex marido y la de Santiago ante su nueva figura llevó una irónica sonrisa a sus labios. Probablemente para Gordon había sido un infierno estar casado con una mujer de curvas generosas, pensó sin que la afectara en absoluto. Ahora por el contrario tenía algo que siempre había deseado: una mujer delgada.

–¿No demasiado?

–No –le aseguró él–, así estás perfecta. Supongo que después del ... Sentí mucho saber lo de tu aborto.

La expresión de Lily se heló, pero Gordon, que nunca se había destacado por su sensibilidad, ni siquiera se dio cuenta–. Aunque imagino que en el fondo fue lo mejor. Supongo que ya te habrás dado cuenta.

«¿Lo mejor?»

–También imagino que no querías quedarte embarazada, pero esas cosas pasan –añadió el hombre–. Dadas las circunstancias, mucha gente se habría deshecho de él.

¿Circunstancias? ¿Deshecho?

–En fin, supongo que el padre no quería saber nada –continuó Gordon, y al ver que Lily, que estaba totalmente pálida, no le daba ningún detalle más sobre lo sucedido, Gordon se encogió de hombros–. Debo decir que cuando me enteré casi no lo podía creer. Una aventura con un desconocido no me parecía propio de la Lily que yo conocía –observó–. Supongo que estabas despechada por lo nuestro.

–Ocurrió antes de nuestra separación –dijo ella.

Gordon abrió desmesuradamente los ojos.

–¿Me fuiste infiel? –preguntó sin poder creerlo–. Dios mío, Lily, ¿cómo pudiste hacerme eso?

Lily estaba dispuesta a aceptar la responsabilidad de sus actos y de sus errores, pero no podía permitir que el adúltero y mujeriego de su ex marido le diera una lección de principios.

–No elegimos enamorarnos, pero creo que no tengo que decírtelo, ¿verdad?

Gordon se puso rojo como un tomate.

–Supongo que me consideras un hipócrita.

Satisfecha con haberlo dejado claro, Lily dejó que el silencio hablara por sí mismo.

–No fui un marido perfecto, lo reconozco, pero te guste o no para los hombres es diferente. Y los dos sabemos que un niño necesita un hogar estable con un padre y una madre. Además, tú no hubieras podido pagar una casa decente ni una guardería adecuada... A propósito, me han dicho que hay un comprador dispuesto a pagar el precio que pedimos por la casa.

–Habla con mi abogado –dijo ella automáticamente–. El niño me habría tenido a mí.

La frase fue como un profundo corte entre las costillas del hombre que había en la puerta escuchando discretamente la conversación. Al darse cuenta de que el hombre con quien Lily estaba hablando tenía que ser su ex marido Santiago prefirió no entrar en la sala de espera.

—Estoy seguro de que lo habrías hecho lo mejor posible —dijo el ex esposo pomposamente.

Cielos, ¿qué había visto Lily en él?, se preguntó Santiago. Sabía que el amor no era una ciencia exacta, pero por lo que había visto y oído lo único que tenía aquel individuo a su favor era una cara relativamente agradable. Era una cara que Santiago no podía mirar sin desear reordenar las facciones inexpresivas y pálidas, y apretó los puños para reprimir el impulso de abofetearlo.

—El problema sería cuando tu hijo quisiera saber quién era su padre, Lily —continuó diciendo Gordon—. ¿Qué le dirías entonces? No, hazme caso, a la larga ha sido lo mejor.

Lily empezaba a sentirse mareada de ira. Si alguien sugiriera que perder al hijo que tanto había deseado había sido lo mejor... No, no podía dejarlo pasar.

Se puso de pie y se dio cuenta de que estaba temblando. Apretó los dedos entrelazados contra el pecho y respiró profundamente.

Santiago, que había empezado a andar hacia la sala de espera, se detuvo cuando Lily empezó a hablar.

—Le diría que era un hijo muy querido y muy deseado —la trémula voz se hizo más firme al añadir:— Le diría que su padre era mucho más hombre de lo que tú nunca podrás soñar ser.

Con el dorso de la mano se limpió las lágrimas que descendían por las mejillas.

A Gordon no le gustaban las lágrimas y miró hacia otro lado.

–No creo que sea necesario que me ataques personalmente –respondió el hombre de mal humor–. Y si
ese hombre era tan fantástico, ¿dónde demonios está?
    –Está aquí.

Capítulo 14

SORPRENDIDA, Lily giró sobre sus talones y se dio contra el ancho pecho masculino.

–No me riñas. Ya sé que escuchar detrás de las puertas no es de buena educación –dijo con una sonrisa, mirándola a los ojos.

–Sa... Santiago –balbuceó ella.

Y antes de que pudiera decir otra palabra más, él le tomó la boca con la suya. ¡Y de qué manera!

Cuando levantó la cabeza, Lily jadeaba como si acabara de correr un maratón.

Si Gordon no había entendido el significado de las palabras de Santiago, después de aquel beso iba a ser imposible presentarlo como un conocido sin más. Aunque Lily tenía que reconocer que el beso no se habría alargado tanto si ella no hubiera entreabierto los labios por propia voluntad.

Tuvo que hacer un esfuerzo para ordenar sus pensamientos y obligarse a respirar regularmente. Aclarándose la garganta, retiró las manos de la pechera de la camisa masculina.

–¿Cuánto rato has estado...? –susurró con voz áspera al hombre que todavía le estaba sujetando la cara con las dos manos.

Si Gordon no hubiera estado mirando, se habría apartado.

Todavía sin entender por qué Santiago quería que

Gordon supiera que él había sido el padre de su hijo, que había sido su amante, lo miró.

Los ojos oscuros se arrugaron y las facciones masculinas se relajaron en una lánguida sonrisa que le hizo dar un vuelco al corazón.

—Lo bastante para saber que por fin conozco a tu ex marido —dijo dejando caer las manos a los lados y levantando la cabeza para someter al hombre de menor estatura a un crítico escrutinio antes de tenderle la mano formalmente.

Si Gordon hubiera advertido la agresiva animadversión hacia él que Santiago estaba reprimiendo a duras penas, quizá habría tardado más en tomar la mano que le ofrecía. Pero lo que sí advirtió, y lo que despertó en él unos intensos celos, fue el atractivo viril del amante de Lily, la carísima ropa que llevaba, el aplomo y la seguridad en sí mismo que rezumaba por todos los poros y el total control que tenía de la situación.

Gordon, que mantenía la ridícula presunción victoriana de que Gran Bretaña era el centro del universo, se recordó que aquel hombre no era inglés y con una caritativa sonrisa observó:

—Usted es extranjero.

Santiago, que ya no vio ningún motivo para disimular su animadversión, respondió:

—Tiene razón. No soy inglés, soy...

Un débil y desesperado «Dios mío» escapó de los labios de Lily al oír la peculiar forma de presentarse a sí mismo.

—Santiago Morán, el español que le robó a su mujer.

Y Lily pensó que la astuta sonrisa en sus labios desafiaba a Gordon con mucho más elocuencia que sus palabras.

De repente Gordon puso cara de desear estar en cualquier otro sitio excepto allí, y Lily no se lo reprochó.

Lily cerró los dedos sobre el antebrazo de Santiago para atraer su atención, y lo hizo. La cabeza del hombre se giró hacia ella y parte de la hostilidad se desvaneció de sus acciones cuando sus miradas se encontraron.

—¿Cariño?

—No me robaste. Yo me ofrecí de buen grado.

Los ojos de Santiago ardieron de deseo mientras la miraba.

—Sí, te ofreciste —coincidió él—, y de la forma más maravillosa —su voz se convirtió en un susurro íntimo y sensual que estremeció todas las terminaciones nerviosas de Lily—. ¿Te he dado las gracias alguna vez?

Lily no dijo nada. Necesitaba las pocas fuerzas que le quedaban para mantenerse en pie.

—Si no —continuó él mientras le acariciaba delicadamente la mejilla con el pulgar—, te lo digo ahora. Gracias.

Gordon, que estaba de pie observando la íntima escena que se estaba desarrollando ante sus ojos, logró hablar.

—No tenía ni idea de que estuvieras con alguien, Lily —dijo con cierto reproche en la voz.

—Así estamos en paz —respondió ella con profunda irritación—. Yo nunca conocí tus infidelidades durante nuestro matrimonio.

A su lado, Santiago escuchó sus palabras con gesto pensativo. Era la primera noticia que tenía de las infidelidades de Gordon.

—Y de todos modos, no estoy con nadie.

—No es necesario avergonzarse de nada —interrumpió Santiago –. Los dos somos hombres civilizados, ¿verdad? –preguntó al otro hombre arqueando una ceja.

Gordon asintió incómodo.

–Por supuesto.

–No hace falta recurrir a la violencia.

–No estés tan seguro –masculló Lily en voz baja.

Gordon miró a la atlética figura del hombre que estaba junto a Lily y tragó saliva.

–Cielo santo, no. Por lo que a mí respecta, es agua pasada. Y además, voy a tener un hijo. Bueno, mi mujer, mi mujer actual va a tener un hijo.

En ese momento su esposa apareció y Lily estudió con curiosidad a la mujer por la que Gordon la abandonó. Sólo la había visto algunas veces a lo lejos, y ahora sentía cierta curiosidad.

La pelirroja alta y delgada que acababa de entrar llevaba un traje pantalón con un corte que minimizaba la suave curva del vientre. Estaba muy morena y llevaba el pelo muy corto.

Después de perder al niño, Lily no podía mirar a mujeres embarazadas ni a mujeres con niños sin sentir una fuerte congoja y terrible sensación de pérdida. Ahora lo que sintió era más bien tristeza.

La otra mujer se acercó a ella con total naturalidad y le tendió la mano.

–Hola.

Lily asintió con la cabeza.

–Siento que nos hayamos encontrado aquí tan inesperadamente –dijo Lily.

–Oh, no te preocupes –respondió la pelirroja divertida–. Hoy en día nadie espera que un matrimonio dure eternamente. Y el vuestro estaba acabado mucho antes de mi aparición en la vida de Gordon. Ya somos adultos, ¿no? A nuestra edad somos menos sentimentales con el matrimonio y en mi opinión lo mejor es considerarlo como un contrato más.

Lily, que dudaba que la otra mujer se sintiera tan madura de haber estado en su situación, no sonrió. Cuando sintió la mano de Santiago en su cintura se dejó llevar y se apoyó ligeramente en él. Era una situación estresante y se dijo que necesitaba todo el apoyo que pudiera conseguir, y más.

—¿Así que usted cree que un matrimonio debe disolverse como una sociedad empresarial si no funciona? —preguntó Santiago, fingiendo interés por las palabras de la mujer.

Lily reconoció inmediatamente el interés de Olivia en Santiago, que no tenía que ver sólo con la pregunta. Y pensó que sería un infierno estar casada con un hombre que despertaba admiración y deseo en todas las mujeres que lo conocían.

«Sí, te has librado por los pelos», dijo sarcástica una vocecita en su interior.

—Exactamente. El amor es sólo para las novelas baratas.

Lily jamás pensó llegar a sentirlo, pero lo cierto era que estaba empezando a sentir lástima de Gordon.

—¿Y dividir los activos acumulados de la unión? —continuó Santiago.

—Al cincuenta por ciento —respondió Olivia tajante—. En California lo tienen perfectamente legalizado.

—Es difícil dividir a un hijo —dijo Santiago, sin entender por qué a algunos hombres les gustaban las mujeres con aspecto de hombre, menos las que además tenían ojos como calculadoras.

Las mujeres tenían que ser... suaves y femeninas. Sí, las mujeres tenían que ser como Lily.

—¿Usted seguiría con una mujer sólo por un hijo?

Santiago notó la tensión del cuerpo de Lily. La miró y suavemente aumentó la presión en la cintura femenina, para tranquilizarla.

—Llámeme anticuado, pero yo siempre he pensado que estaré muy enamorado de la madre de mi hijo —dijo él, apretándola un poco más contra él, sin dejar lugar a dudas sobre quién era esa mujer.

—El doctor la recibirá ahora.

La interrupción de la recepcionista rompió la tensión del momento, y Lily, entre molesta por la interrupción y agradecida, se separó de Santiago y siguió a la mujer.

Capítulo 15

ESTE sitio es precioso –reconoció Lily cuando la joven camarera se alejó de la mesa después de preguntarles qué iban a tomar.

–Pensé que te gustaría. Cuando mis hermanas vienen a Londres, mi madre siempre nos trae aquí a tomar el té.

–¿Tienes hermanas?

–Dos. Carmela tiene veinticuatro años. Se licenció la primera de su clase de Derecho –dijo él con un evidente orgullo–. Se casó el año pasado.

–¿Y la otra?

–Angélica tiene dieciocho –Santiago frunció el ceño–. Quiere ser enfermera y está empeñada en estudiar en Londres.

–¿Y a ti no te parece bien?

–Quiero que se ha feliz, pero preferiría que eligiera otra profesión. Ser enfermera es un trabajo duro en muchas ocasiones.

Era evidente que Santiago se tomaba muy a pecho sus responsabilidades como cabeza de familia.

–Pero supongo que tú no puedes hacer nada para impedírselo –observó ella.

–¿Tú crees? –preguntó él divertido.

–No sé, como no la encierres en su habitación y no la dejes salir, no creo que puedas hacer mucho más. Pero no me parece una solución a largo plazo.

–Si se lo prohíbo me obedecerá.

Lily lo miró sin comprender. Era evidente que vivían en dos mundos muy diferentes.

–¿Te resulta sorprendente?– preguntó él.

–Me resulta medieval –empezó ella, pero se interrumpió cuando la camarera llegó con el té y los pasteles.

–¿Nata? –preguntó él, después de servirle su té en la taza.

–Leche –dijo ella, que sentía la necesidad de apoyar la causa de la joven desconocida–. Tú eres sólo su hermano, no su tutor. ¿Por qué tienes derecho a decidir lo que tiene que hacer?

–Es joven.

–Y mujer.

Los labios masculinos temblaron ligeramente ante el ácido comentario.

–Y siendo mujer puede cambiar de idea antes de que se convierta en un problema.

Lily alzó la barbilla con gesto provocador.

–¿Porque las mujeres son caprichosas y frívolas? –razonó con sarcasmo.

Una amplia sonrisa se dibujó en el rostro masculino, dándole un aspecto mucho más devastadoramente atractivo si cabía.

–No esperarás que responda a eso, ¿verdad? –dijo él divertido.

–No es necesario. Ya lo sé –respondió ella tajante y lo miró directamente a los ojos–. Eres un machista de los pies a la cabeza.

–Si supieras lo que estaba pensando, no serías... –empezó él molesto, con los dientes apretados, pero no continuó–. Sé que Angel sabe que me preocupo por ella y quiero lo mejor para su futuro.

–Eso es lo que dicen todos los déspotas –dijo Lily, con un deseo inexplicable de continuar la discusión–. Benevolente o no, me alegro de no haber tenido un hermano como tú.

–Yo también me alegro de no ser tu hermano –dijo él con voz sensual y sedosa, buscándole los ojos, mirándola de una manera que no dejaba lugar a dudas–. Pero si hubieras tenido un hermano como yo quizá se habría ocupado de impedir un matrimonio tan desastroso como el tuyo cuando no eras mucho mayor que Angel –comentó él.

Lejos de oponerse, recordó Lily, su abuela la animó con entusiasmo, convencida de que el matrimonio era la única profesión digna para una mujer.

–No conoces mucho a las mujeres jóvenes, ¿verdad?

La expresión de Santiago se endureció.

–Conozco a los hombres que se aprovechan de las mujeres jóvenes.

–¡Gordon no se aprovechó de mí!

–¡Y sigues defendiéndolo! –explotó Santiago con rabia–. Las mujeres son tontas –dijo después de una retahíla de maldiciones.

Lily sabía que no se refería a todas las mujeres sino a ella. Pero ella había llegado más o menos a la misma conclusión, aunque por diferentes razones, y no se defendió. Prefirió cambiar de conversación.

–¿No sabes que a las jóvenes les encanta llevar la contraria? –dijo ella–. ¿No puedes simplemente mantenerte al margen y apoyar sus decisiones?

–¿Mientras veo cómo destruye su vida? –preguntó él, mirándola como si hubiera perdido el juicio.

–Tomaré eso como un no –dijo ella–. Quizá deberías utilizar otra táctica.

Por la expresión de Santiago, era evidente que éste se estaba reprimiendo para no hacerlo. Y que su paciencia estaba llegando a un límite.

–Decir lo que piensas no siempre es una buena idea –sugirió Lily.

La expresión de Santiago no cambió.

Lily observó el perfil firme y sensual de sus labios y pensó: «Si te dijera lo que pienso ahora saldrías corriendo. O quizá no».

Lily se ruborizó y bajó los ojos. No sabía cuál de las dos posibilidades la asustaba más.

–¿Fuiste una joven rebelde, Lily?

Ella alzó los ojos.

–¿Rebelde, yo? ¡No, en absoluto! –reconoció sin reparar en el nostálgico tono de su voz.

–Angel tampoco es una rebelde –le aseguró Santiago. Con la mano empujó un plato con tarta de chocolate hacia ella–. Come. Es chocolate.

Lily se llevó un trozo a la boca.

–Algunas mujeres prefieren el chocolate al sexo –comentó sin saber muy bien de dónde salía la comparación–. Ahora lo entiendo –añadió, y levantó los ojos–. ¿Y tú?

Los dedos largos y morenos de Santiago apartaron su plato a un lado.

–Yo prefiero el sexo, y no soy goloso.

Lily no pudo controlar ni el color que le cubrió la cara ni el suave suspiro entrecortado que salió de sus labios.

–¿Y vas a quedarte ahí sin comer, sólo mirándome? –lo acusó ella, incómoda al sentirse observada hasta en el más mínimo movimiento.

–Desde luego ése era mi plan –le aseguró él echando la silla hacia atrás y estirando las piernas–. Me gusta mirarte.

Aquello tampoco la ayudó a relajarse; tratando de controlarse e incapaz de responder, se esforzó en meter el trozo de tarta que acababa de pinchar con el tenedor en la boca.

–Estás preocupada –dijo él siguiendo los movimientos de su boca con ojos hambrientos–. ¿Es por mi hermana? Tranquila, creo que cambiará de idea sin que yo intervenga.

Lily se limpió los labios con la servilleta rezando para que no se notara el ligero temblor de los dedos.

–¿Y si no lo hace? ¿Qué harás?

–A juzgar por experiencias anteriores, meter la pata.

La inesperada franqueza la hizo reír y relajarse. Lily continuó con la tarta de chocolate e intentó no pensar en nada más. Cuando terminó, Santiago sonrió complacido.

–Me gusta ver que la has disfrutado –dijo él.

Lily empujó el plato a un lado.

–Estaba deliciosa.

–Me ha sorprendido cuando has aceptado la invitación a venir aquí a la primera –dijo él, observándola–. ¿Por qué has venido? –preguntó con curiosidad.

Lily añadió una cucharada de azúcar al té y lo removió.

–Porque me has invitado –le recordó ella, tensándose de nuevo, al sentir otra vez la necesidad de tocarlo y acariciarlo.

–Normalmente eso es suficiente para que hagas lo contrario –dijo él–. Tanta docilidad me pone nervioso.

Lily lo miró de soslayo. No parecía nervioso; al

contrario, parecía relajadísimo, y estaba más guapo que nunca, si es que eso era posible, y a Lily le entraron una ganas irracionales de llorar. Por eso bajó la mirada y las pestañas, para protegerse.

—Bueno, esto es una especie de despedida, ¿no? —dijo.

Ella tenía que mirar hacia el futuro, a su nueva vida. Santiago era parte del pasado y las despedidas siempre eran menos dolorosas en terreno neutro. Además, en un lugar público siempre era más fácil no hacer demasiado el ridículo.

Lily sonrió, consciente de que debía dar una imagen más animada y positiva de alguien que estaba impaciente por iniciar una nueva vida.

Santiago ladeó la cabeza, pero en ningún momento dejó de mirarla.

—¿Es una despedida? —preguntó.

Lily alzó los ojos.

—Por favor, no te hagas el tonto, Santiago. Sé que no lo eres.

—Vaya, gracias.

Lily ignoró el sarcástico comentario.

—Los dos sabemos que sólo sigues aquí porque tienes remordimientos. No es necesario. Tienes un sentido de la responsabilidad muy fuerte —le aseguró mirándolo a la cara—. Aunque al mirarte nadie lo diría.

—Dime, ¿qué piensas cuando me miras?

«Que puedes hacerme olvidar dónde termino yo y dónde empiezas tú, y que quiero que lo hagas otra vez».

—¿De verdad quieres saberlo?

Santiago sonrió y apoyó los codos sobre la mesa.

—Creo que podré soportarlo —dijo con los ojos en su escote.

«Yo no estoy tan segura».

La sonrisa de Lily se petrificó aún más mientras procuraba evitar los ojos masculinos.

–No pareces vanidoso y superficial exactamente –dijo por fin dejando escapar el aire que estaba conteniendo.

–Me alivia –dijo él, en un tono más seco que el polvo.

–Más bien peligroso e inquietante.

–¿Inquietante? –repitió él, tan alucinado que en cualquier otro momento Lily habría soltado una carcajada–. Por favor, no digas tonterías –dijo pasándose una mano impaciente por la mandíbula.

Por un segundo Lily se imaginó haciendo el mismo gesto y sintió la aspereza de la barba de un día en la punta de los dedos.

–Está bien –dijo con voz ronca. Parpadeando, puso las palmas de las manos sobre la mesa y lo miró con intensidad–. Ya me dirás si esto no es una tontería. He tenido un accidente de coche que no tenía nada que ver contigo. Del que tú no tuviste la culpa –insistió ella–, pero aunque la hubieras tenido –estiró los brazos a ambos lados–, como puedes comprobar estoy bien –concluyó con una sonrisa para dar más fuerza a sus palabras.

–¿Supongo que tu embarazo tampoco fue culpa mía?

Lily apretó los clientes y cerró los ojos.

–No empecemos con eso otra vez. Creo que quedamos en no volver a hablar de eso y portarnos como personas razonables.

–Tú no eres razonable, y yo no quedé en nada.

Consciente de que la voz elevada de Santiago

atraía algunas miradas curiosas, Lily bajó el tono de voz.

—Pues deberías —le espetó ella—. Tu problema son los remordimientos.

—Por supuesto. Siento que soy responsable de todo lo que sufriste. ¿Qué hombre en mi lugar no sentiría remordimientos?

Lily se sujetó la cabeza con las manos y dejó que cayera hacia delante con desesperación. Los mechones de pelo le ocultaron la cara.

—Si hubiera decidido interrumpir el embarazo no habría necesitado tu permiso.

Santiago tensó la mandíbula y su boca tembló, a la vez que palidecía visiblemente.

—Pero no lo hiciste.

Lily nunca había oído aquel tono de voz en él y sabía que no quería volver a oírlo nunca más.

—No, pero yo tomé la decisión de continuar con el embarazo. Y yo era la responsable de lo que sucediera. Yo y el destino —añadió con una triste sonrisa.

Los ojos azules buscaron en los de él alguna muestra de que entendía lo que ella estaba intentando desesperadamente hacerle entender, pero fue en vano.

No la encontró.

Apretó los dientes como frustración.

—Soy responsable de mis actos, Santiago. Y muy capaz de cuidarme —le aseguró—. Sé que te sientes obligado a pasar por una especie de penitencia, pero no quiero ser yo.

—¡Penitencia! Qué estupidez.

—De estupidez nada. ¿Por qué si no estás aquí conmigo?

Lily buscó con la mano el bolso que había colgado en el respaldo de la silla.

Unos segundos antes que ella, Santiago se puso en pie y la miró furioso. Una camarera que se dirigía hacia su mesa vio el destello de ira en los ojos del hombre y prefirió cambiar de ruta.

–Quizá porque me gusta mirarte.

Profundamente dolida, Lily volvió la cabeza hasta que recuperó el control. Lo irónico era que Santiago había dicho exactamente lo que ella quería escuchar. El problema era que lo había dicho con una agresividad tan intensa que no se permitió cometer el error de pensar que lo había dicho en serio.

–Sí, claro, seguro que es por eso –dijo ella con voz ronca–. Sobre todo teniendo en cuenta que no has perdido ninguna oportunidad de repetirme el terrible aspecto que tengo desde que nos vimos en casa de Dan. Si quieres apaciguar tu conciencia, haz un donativo a una ONG, porque yo no necesito nada de ti. No necesito tarta de chocolate y no te necesito a ti.

Santiago abrió la boca para asegurarle que el sentimiento era mutuo, pero entonces vio una lágrima solitaria deslizarse lentamente por la pálida mejilla femenina. Maldijo en voz baja, sacó unos billetes de la cartera y, sin mirar, los dejó en la mesa.

–Vámonos de aquí antes de que nos echen –dijo sin mirarla.

A Lily no le quedó más remedio que seguirlo.

Capítulo 16

LILY intentó separarse de Santiago al llegar a su coche.

–Tengo que ir a casa.

Santiago la miró impaciente.

–Vamos a casa.

–A mi casa –insistió ella.

–Sube al coche, Lily. Tenemos que hablar.

–Ya hemos hablado, Santiago. Estoy cansada de hablar –sacudió la cabeza con tristeza–. La verdad es que hablar no cambiará nada. Te lo diré con todas las letras: no necesito que me salves. Sientes remordimientos, eres uno de los buenos. Lo entiendo. Entiendo que erigirte en mi protector te tranquiliza y te hace sentir mejor, pero francamente, estar contigo me recuerda cosas que prefiero olvidar.

La cabeza de Santiago se echó hacia atrás como si le hubiera asestado una bofetada, y en su expresión había incredulidad.

–Cuando me miras piensas en la pérdida del niño –dijo él mirándola a los ojos. Esbozó una sonrisa tan triste que a Lily se le partió el corazón–. Debo reconocer que no lo había pensado.

«Ni yo, hasta hace diez minutos», pensó ella, rota por dentro. Se metió las manos en los bolsillos para no alargarlas hacia él y consolarlo. «Esto es lo mejor», se dijo, «y a la larga lo menos doloroso. Los remordimientos no son una buena base para una relación, y aunque no ha llegado a eso, estoy segura de que es eso lo que va a sugerir».

Y ella no tendría fuerzas para rechazarlo.

—Sube el coche y te llevaré a casa —repitió él.

—¿A Devon? —preguntó ella.

—Por supuesto —dijo él—. ¿Dónde está Devon? Creía que ahora estabas viviendo con Rachel.

Lily negó con la cabeza.

—Qué tontería. No merece la pena. Puedo ir en tren.

—He conducido en varios continentes —dijo él—. Creo que sabré llegar a Devon. Sube, Lily —dijo él abriendo la puerta del coche.

Fue el preocupante y evidente indicio de agotamiento en su voz lo que hizo a Lily tirar la toalla.

—Gracias.

En silencio y bajo una deprimente lluvia gris salieron de la ciudad. Cuando llegaron a la autopista, la visibilidad era prácticamente inexistente y la densidad del tráfico aumentaba por kilómetro. Treinta kilómetros más adelante el tráfico se detuvo por completo.

—¿Un accidente? —sugirió ella después de apenas avanzar unos metros en media hora.

—Probablemente.

Lily se apartó el pelo de la cara y bajó la ventanilla. El humo de los coches y las gotas de lluvia se colaron al interior. Sacó un mapa de la guantera.

—Hay una salida a medio kilómetro de aquí —dijo ella mientras recorría una ruta de carreteras secundarias con el dedo—. Es menos directo, pero será más rápido que esto.

Media hora más tarde, tras recorrer varios kilómetros en una carretera secundaria, encontraron las primeras indicaciones de desvío. Santiago detuvo el coche. Un policía le hizo una indicación y él bajó la ventanilla.

–Riadas –le comunicó el agente–. La carretera está cerrada. Si siguen las indicaciones volverán de nuevo a la autopista.

–No me lo puedo creer –gimió Lily y se volvió a mirar a Santiago–. ¿Qué vas a hacer?

–Volver a Londres –dijo él, tras unos rápidos cálculos mentales.

–¿Qué?

–Tú estás agotada y será más fácil volver a Londres que continuar, a menos que prefieras pasar la noche en un hotel por aquí. Tú eliges, pero antes –detuvo el coche en el aparcamiento de un pub de carretera–, tengo que preguntarte una cosa.

Lily la miró con curiosidad, pero él no la miró a los ojos.

–Normalmente no te cuesta decir lo que piensas, Santiago.

–Es una pregunta difícil –continuar él–. Necesito saber si las complicaciones del parto y la operación afectaron tu fertilidad. ¿Podrás tener más hijos?

La pregunta era tan inesperada que Lily sintió que se ahogaba. Casi inmediatamente bajó las pestañas para ocultar la expresión de dolor de sus ojos. Cuando por fin levantó la cabeza, tanto su expresión como su voz carecían de emoción.

–Me parece que eso es sólo asunto mío.

–Sólo lo...

Lily alzó una mano para silenciarlo.

–A la única persona que debe preocuparle es al hombre con quien quiera pasar el resto de mi vida –la mandíbula le temblaba–. Y ése no eres tú. Supongo que tu esposa, cuando por fin te cases, pobre mujer, necesitará un certificado médico que asegure su capacidad y calidad reproductora. Tú y tu maravilloso orgullo familiar –se rió con infinito desdén–. Supongo que es comprensible cuando tienes un árbol genealógico aristocrático de aquí a Australia.

Santiago la observaba con una inmensa frustración.

–¿Lily? –le rozó la muñeca con los dedos, pero ella dio un respingo y apartó la mano como si le quemara.

–Si digo que no puedo tener hijos, ¿qué vas a hacer, Santiago? ¿Cómo vas a arreglarlo? ¿Ofreciéndome dinero? –lo vio estremecerse, pero se dijo que no le importaba–. ¿Cuánto crees que podría ser? ¿No es lo que hacen normalmente los hombres como tú, tratar de solucionarlo todo con dinero? Pues entérate, no quiero tu dinero, y para que lo sepas, no tengo ninguna intención de volver a casarme.

«Como si le importaba, Lily», añadió para sus adentros.

–Eso sería una lástima –dijo él sin alterar la voz.

–Pero si quisiera, sería con un hombre que no pensara en mí como en una máquina de hacer hijos.

Lily no sabía por qué, pero cuando discutía con Santiago a veces decía cosas de lo más infantil.

En lugar de la irritación que esperaba ver en él, en el rostro masculino había curiosidad y algo más que no lograba descifrar.

–¿De verdad crees que eso es lo que quiero de una esposa?

–No he pensado en eso –le aseguró ella, y casi inmediatamente se contradijo al añadir–: Oh, estoy se-

gura de que tiene que ser inteligente y guapa. Y seguramente rubia –añadió, echando el pelo hacia atrás.

Santiago siguió con los ojos el baile de los cabellos castaños hasta que reposó sobre sus hombros.

–No –le dijo sonriendo–, prefiero a las castañas.

–¿Lo dices para que me sienta halagada? –dijo desafiante, aunque en realidad se sentía muy halagada
por sus palabras.

Muy consciente de la intensa y ardiente mirada de
Santiago en los labios, Lily intentó reír con desprecio, pero sólo logró emitir un ronco gemido.

«Soy patética», se dijo.

–Y para que lo sepas, yo prefiero a los hombres
que no hacen comentarios personales.

–No tengo sangre aristocrática –dijo él, sin dejar
de mirarla a la boca–. Y no tengo un árbol genealógico de aquí a Australia.

–Te aseguro que tu árbol genealógico no me quita
el sueño –replicó ella.

No, sólo su voz, y sus manos, y sus ojos, y la
forma de girar la cabeza a un lado cuando estaba a
punto de preguntar algo, y...

–A mí sí.

–¿A ti sí qué?

–A mí mi árbol genealógico me ha quitado el
sueño muchas noches. De hecho, no tengo ni idea de
quiénes eran mis padres biológicos.

Lily abrió la boca con perplejidad. Parpadeó, sin
estar muy segura de haberlo oído bien.

–¿Tus padres biológicos? ¿Qué quieres decir con
biológicos?

–Quiero decir que me adoptaron.

–No, no puede ser.

En los sensuales y aterciopelados ojos negros brillaba una sucesión de emociones que ella fue incapaz de descifrar.

–A mis padres no les gustaba comentarlo con nadie –reconoció él con sequedad–. Ni siquiera conmigo –añadió con una sonrisa burlona.

–¿Nunca te dijeron nada?

–Me enteré al repasar un montón de documentos de mi padre después de su muerte.

–Oh –Lily no podía imaginar lo terriblemente devastador que tenía que haber sido–. Te enteraste por casualidad. Qué... –calló, incapaz de decir algo que no fuera un tópico.

–Casi no lo podía creer –reconoció él.

–¿Has... has intentado buscar a tu madre biológica? Sólo lo digo –se apresuró a añadir al ver la extraña expresión en sus ojos–, porque he oído que mucha gente tiene la necesidad de saber quiénes son sus padres biológicos.

–En mi caso es complicado, porque me adoptaron en Argentina.

–¡Argentina!

–Mi madre tiene familia allí. Mis padres estuvieron muchos años intentando tener hijos, y para ellos la adopción fue un último recurso, y lo hicieron de forma muy discreta. Pasaron una temporada en Argentina, y primero volvió mi padre a Inglaterra, y después mi madre conmigo. Incluso cuando encontré los documentos de adopción mi madre lo negó. Al final no le quedó más remedio que admitirlo.

Lily lo escuchaba con creciente incredulidad. No podía entender cómo podía estar tan tranquilo.

–Se te da tan bien ocultar tus sentimientos que seguramente mucha gente piensa que no los tienes –observó ella.

–¿Pero tú no? –preguntó él.

–¿Olvidas que te he visto perder los estribos más de una vez? –respondió ella, y añadió–: Pero no entiendo por qué tenía que ser un secreto. Tenían que saber que tarde o temprano lo descubrirías. ¿Te enfadaste al saberlo?

–En realidad explicaba muchas cosas, como la mala relación con mi padre –dijo él–. Desde muy pequeño mi padre me dejó muy claro que le había defraudado profundamente y no paraba de hacérmelo saber de una manera u otra. Supongo que al principio mi único empeño era demostrarle que estaba equivocado. Y pasó mucho tiempo antes de darme cuenta de que eso nunca sería posible.

Lily dio un salto en el asiento de ira.

–Pues se equivocaba –exclamó, secándose una lágrima que le bajaba por la mejilla–. Y si estuviera aquí se lo diría.

Santiago la miró a la cara.

–Estoy seguro de que sí; eres toda una tigresa.

–¡Y sólo de pensar que no te dijeron nada! Si yo adoptara a un niño, no se lo ocultaría.

–No conocías a mi padre –dijo él con una irónica sonrisa–, pero yo tampoco. Debes entender que para él, no ser capaz de engendrar un heredero era causa de gran vergüenza. Yo le recordaba esa incapacidad –se volvió en el asiento y la miró–. ¿Es probable que algún día adoptes un niño, Lily?

Ella se tensó un momento, pero enseguida se relajó y decidió tranquilizarlo de una vez por todas.

–Si lo hiciera no sería por no poder tenerlo.

Fue cuando lo vio relajarse cuando Lily se dio cuenta de lo importante que había sido para él saberlo.

–¿Estás segura?

–Los médicos me lo repitieron varias veces –recordó ella, – Pensaba que me serviría de consuelo –sonrió amargamente–. Pero yo no quería otro hijo. Yo quería a mi hijo –susurró con la voz entrecortada por la emoción.

Alzó los ojos y la expresión en los ojos masculinos la hizo tensarse. Lo único que no quería de él era su compasión.

–Así que ya puedes volver a guardar el cilicio –le espetó ella.

–¿Por qué estás enfadada conmigo?

¡Maldito él y su perspicacia!

–No estoy enfadada contigo.

–Entonces ¿qué te pasa?

–Estoy... furiosa porque sólo estás conmigo porque tienes remordimientos.

«Quiero que estés conmigo porque quieres estar conmigo. Quiero que tu vida sin mí esté tan vacía como la mía sin ti». Sus ojos se movieron por la cara masculina. «Quiero que sientas lo mismo que yo».

Secándose con rabia las lágrimas, se volvió hacia la ventanilla.

–Ya te lo he dicho, no quiero tu caridad.

–Estoy contigo porque tienes una boca dulce y sensual y tarde o temprano espero poder volver a saborearte. ¿Cómo puedes pensar que estoy contigo por remordimientos después de lo que pasó en casa de Dan?

Sorbiendo las lágrimas, Lily volvió despacio la cabeza.

–¿De verdad?

–¿Te parece que miento? –le dijo mirándola a los ojos–. Escucha, si mirarme te provoca un dolor que no puedo empezar a imaginar, estoy dispuesto a ale-

jarme de tu vida para siempre, pero ¿por qué crees
que me acosté contigo? ¿Por un extraño sentido del
deber?

–Me temo que lo he interpretado todo mal –musitó ella.

Santiago suspiró con un gran alivio.

–Gracias a Dios. Mis motivos para estar aquí son
mucho menos nobles –confesó él.

–¿Lo son?

–Sí –asintió Santiago con un destello de pasión en
los ojos–. No puedo mirarte sin imaginarte desnuda.
No puedo pensar en ti sin desear estar dentro de tu
cuerpo. No muy nobles.

Una declaración de amor habría sido mejor, pero
eso le gustaba. Lily esbozó una sonrisa, dispuesta a
conformarse con la pasión, que era mucho mejor que
la alternativa: no volver a besarlo ni a acariciarlo nunca
más.

–No muy noble pero excitante.

–Creo que deberíamos seguir donde lo dejamos
–dijo él, después de mirarla y tragar saliva.

–¿Y lo que pasó en España?

Con un suspiró de frustración, Santiago apoyó la
cabeza en el asiento.

–Está bien, tengo que pedirte perdón. Ahora sé
que tu marido era un cerdo que te engañaba.

–Más o menos, sí, pero...

–Con eso tengo suficiente –le prometió él, y cerró
los ojos–. ¿Tienes idea de cómo me afecta la fragancia de tu piel?

A Lily le habría encantado una descripción con
todo lujo de detalles, pero necesitaba aclarar algunas
cosas.

–Las vacaciones en España tenían que haber sido

una segunda luna de miel –explicó ella–. Pero cuando estábamos en el aeropuerto Gordon recibió una llamada y tuvo que volver a Londres. Me dijo que me seguiría al día siguiente, pero no lo hizo –sacudió la cabeza–. No era mi intención mentir a nadie –le aseguró con vehemencia–. Iba a contarte la verdad sobre mi matrimonio, pero ya era demasiado tarde y...

–Ahora entiendo cómo sucedió –dijo él poniéndole un dedo en los labios.

–Lo dices sólo para besarme.

–Ya veo que es difícil engañarte –dijo él, y empezó a inclinarse hacia ella–. ¿Algún problema con mi forma de besar?

–Sólo cuando paras –dijo ella. Y pensando que Santiago estaba a punto de abrazarla, y sabiendo que ella sería incapaz de pensar y mucho menos hablar racionalmente, añadió rápidamente–: Estaba pensando que si vamos a salir...

Santiago le puso una mano en el muslo.

–Es una manera de ponerlo –dijo él con una sonrisa tan cargada de promesa que la hizo estremecer.

–Quizá esta vez deberíamos hacer las cosas bien.

Santiago se detuvo.

–¿Bien? –repitió–. ¿Tienes alguna queja contra la vez anterior?

Lily se estremeció y sintió que se le endurecían los pezones.

–El sexo no es problema.

Santiago arqueó una ceja.

–¿No crees que puedes poner un poco más de entusiasmo aunque sólo sea para no herir mi vanidad?

–Tu vanidad puede aguantar un terremoto –respondió ella con una risa nerviosa–. Es que no quiero pensar mucho en sexo contigo, porque cuando lo hago se me derrite el cerebro. Y quiero decir una cosa.

–¿Se te derrite?

Lily asintió.

–Y no hace falta que te pongas ancho –dijo ella.

–Bien, te escucho –dijo él, serio por fin.

–Creo que deberíamos salir, ir al teatro, o cosas así.

«O directamente a la cama», pensó él.

–Como quieras –dijo Santiago, y entrecerró los ojos, mirándola pensativo–. ¿Es una especie de prueba? ¿Quieres saber si te quiero sólo por tu cuerpo? ¿Quieres que te demuestre que también te quiero por tu inteligencia?

–Sé que sólo me quieres por mi cuerpo –dijo ella, tratando de no reír–. Pero no me importa. Yo también te quiero sólo por tu cuerpo. Pero he pensado que sería agradable hablar, y hacer otras cosas aparte de... –se sonrojó y bajó la mirada–. Si no me sentiría como tu querida. Y creo que no sirvo para eso.

Santiago suspiró y fue a poner el coche en marcha.

–Bien, si quieres que salgamos, saldremos –se volvió hacia ella antes de arrancar–. Creía que habíamos estado hablando. ¿Con cuántas personas crees que he hablado sobre mis verdaderos orígenes? Te lo diré. Con nadie. Tú eres la primera.

Antes de tener tiempo de meditar sobre esa nueva información, Santiago añadió:

–Es tarde. Deberíamos volver.

Lily miró hacia el pub, que ahora estaba iluminado por un juego de luces multicolores.

–Podríamos quedarnos aquí. No parece que haya mucha gente. Seguro que por el mal tiempo.

Santiago miró al edificio antiguo con expresión de desagrado.

–¿O por la pintura descascarillada?

–No seas tan esnob –le regañó ella–. Estoy segura de que por dentro es precioso.

–Tu optimismo es admirable.

–Está bien –admitió ella con una sonrisa–, parece un poco destartalado, pero ¿de verdad quieres conducir otra vez hasta Londres?

–No –reconoció él–. Escucha, esto de salir, Lily, ¿hasta dónde lo quieres llevar?

–¿A qué te refieres?

–¿Quieres que durmamos en habitaciones separadas?

–¿Te refieres a...? –la expresión de horror en la cara de Lily lo decía todo–. Cielos, no. No quería decir eso.

Santiago sonrió.

–En ese caso, creo que debemos pasar la noche en este lugar tan maravilloso.

Capítulo 17

LILY pasó el resto de la semana buscando un piso para alquilar que estuviera razonablemente cerca del trabajo. Con los precios de la vivienda en un lugar tan turístico como Devon comprar era impensable y a finales de semana había firmado el contrato de un pequeño apartamento no lejos de la biblioteca donde trabajaba.

Llevaba una semana en Devon, pero lejos de Santiago se le había hecho una eternidad. En teoría la reorganización de su nueva vida no debía dejarle tiempo para echarlo de menos; en la realidad, había pensado en alguna palabra o alguna frase suya, en algún gesto o algún movimiento, o simplemente en el sonido de su voz prácticamente cada minuto de cada día.

Las dos veces que hablaron por teléfono, la conversación fue tensa y difícil, y al colgar Lily había llorado desesperadamente.

Sabía que no era un comportamiento digno de una mujer madura, pero no podía evitar echarlo tanto de menos que estaba dispuesta a entregarse totalmente a él sin esperar nada a cambio. Al cerrar la puerta del apartamento para dirigirse a la estación, la idea de verlo otra vez le dio la fuerza necesaria para viajar de nuevo a Londres.

−¿Por qué hacemos esto? −preguntó ella cuando el taxi se detuvo en la puerta del restaurante.

Había llegado a Londres deseando estar solas con él, pero en lugar de llevarla a la cama, Santiago le había dicho que iban primero a cenar y después a un espectáculo.

–¿El qué? –preguntó él.

–¿Qué hacemos aquí?

–¿Prefieres otro restaurante? –preguntó él extrañado–. Éste está muy solicitado desde que le dieron la segunda estrella Michelin y no es fácil conseguir una mesa.

–Me refiero a que es evidente que no te apetece nada.

–No te entiendo.

Lily irguió la espalda y cuadró los hombros con valentía.

–Que apenas me mires lo puedo soportar, que apenas me hables lo puedo soportar, pero lo que no entiendo es qué hacemos aquí sí es evidente que preferirías estar en otro lugar.

Santiago, que se había echado hacia delante para pagar al taxista, la miró con un intenso destello los ojos.

–Es cierto que preferiría estar en otro lugar.

Lily se sintió desfallecer y se le hizo un nudo en la garganta, pero prefería morir a de dejarle ver lo mucho que le dolía la admisión.

–Pero esto es lo que tú querías –continuó él.

–¿Lo que yo quería?

«¿Quería que me ignoraras y me insultaras?»

–Querías que nos tomáramos las cosas despacio.

–Sí –dijo ella, sin entender adónde quería llegar.

–Querías que saliéramos; que fuéramos, a cenar, al teatro –dijo él.

–¿Crees que quería esto? –preguntó ella.

–¿No es lo que quieres?

Lily negó con la cabeza.

–Has dicho que preferirías estar en otro lugar. ¿Dónde? – preguntó, temiendo la respuesta, pero necesitando su franqueza por encima de todo.

Si se equivocaba, si le decía que con otra persona que no le aburriera hasta morir, se sentiría como una tonta. No, se sentiría mucho peor.

–Preferiría estar en la cama desnudo contigo.

Del asiento de delante se oyó un extraño sonido, pero ninguno de los dos le prestó atención.

Lily esbozó una lenta sonrisa cargada de promesa.

–Yo también .

–¿Por qué no lo has dicho antes? –Santiago dio unos golpecitos en la mampara de separación del taxi–. Cambios de planes –se apoyó en el respaldo y se aflojó la corbata–. Ven aquí.

Lily acortó la distancia entre ellos y le puso las manos detrás de la cabeza.

–¡Dios! –gimió él con voz entrecortada al notar los senos femeninos contra su pecho.

–Santiago, ¿recuerdas que te dije de no tener madera de querida?

Él la miró a la boca, suave, rosada e invitadora y asintió.

–Me acuerdo. No importa –le prometió.

–No, no importa –dijo ella–. Porque he cambiado de idea.

–¿Quieres ser mi querida?

–Quiero ser lo que tú quieras. Me da igual con tal de estar contigo –tenía los ojos llenos de lágrimas–. Los últimos días sin ti han sido un infierno.

Un suspiro silencioso estremeció el cuerpo masculino y él le tomó la cara entre las manos.

–Hablaremos de tu título oficial más tarde –le prometió, pasándole el dedo pulgar por los labios–. Porque ahora si no te beso me voy a volver loco.

–Oh, yo también.

Diez minutos más tarde Santiago abrió la puerta de su casa londinense y casi cayeron en el pasillo. Sin dejar de besar a la mujer que tenía entre sus brazos, empezó a quitarse la chaqueta. Después hundió las manos bajo la melena castaña y le echó la cabeza hacia atrás.

–¿Me estás volviendo loco, lo sabes?

–¿De verdad? –susurró ella, pasando un dedo por la curva de la mandíbula, sintiendo la aspereza de la barba en la piel–. ¿Puedo hacer algo para ayudarte?

Santiago tragó saliva y a la sonrisa tensa siguió otra más astuta e intensa.

–¿En qué estabas pensando?

–Estoy abierta a sugerencias –dijo ella, sabiendo que no le negaría nada.

–Cielo –jadeó él.

El intenso deseo primitivo que corría por sus venas le impedía pensar en nada que no fuera sentir su cuerpo bajo él. Le tomó las dos manos con una de las suyas y se las sujetó a la espalda.

–¿Tienes idea de cuánto te deseo? –le preguntó él, pegándose sensualmente contra ella y haciéndola sentir toda la fuerza de su erección.

Sus palabras recorrieron el cuerpo femenino como un calambre. Lily intentó concentrarse para pensar, pero apenas pudo balbucir:

–¿Mucho?

–Mucho –repitió él despacio.

Lily asintió, y se detuvo al sentir la lengua de Santiago trazando el perfil del labio inferior, que temblaba de deseo.

—Nunca volveré a perderte de vista tanto tiempo.

Ninguno de los dos oyó la puerta del salón abrirse de par en par ni vio la luz que se colaba hasta el pasillo desde allí.

Capítulo 18

BUENAS tardes, Santiago.
Lily sintió el cuerpo cálido de Santiago tensarse y apartarse de ella. Con los ojos cerrados, éste suspiró y maldijo en voz baja, aunque no logró relajar la frustración que sentía. A veces las familias podrían ser de lo más indiscretas, sobre todo cuando aparecían inesperadamente en los momentos más importantes de la vida de un hombre.

Alzando la cabeza, su mirada se cruzó con la de Lily, y vio que ésta estaba horrorizada al verse en una situación tan embarazosa. Santiago se dio cuenta porque antes de apartarse de ella, le dijo en voz muy baja, sólo para ella:

–No te muevas, cariño. ¿Qué haces aquí, madre? –preguntó con cortesía, pero profundamente irritado.

Lily, que sólo deseaba que se abriera el suelo y la tragara, envidió su calma y su aspecto relajado.

¡La madre de Santiago!

Patricia Morán arqueó una ceja con gesto aristocrático, pero no se dejó intimidar por el tono acusador de su hijo.

–Como no estabas en el aeropuerto, hemos venido en taxi.

–¿En el aeropuerto? –repitió Santiago.

–Sin duda se te ha olvidado –dijo su madre con una sonrisa. Después miró a la joven mujer que estaba junto a su hijo–. ¿No piensas presentarme a tu amiga, o no es un buen momento?

La mujer, que no respondía en absoluto a la imagen de matriarca dominante que Lily había imaginado sino que todavía mantenía buena parte de su juventud y su belleza, miró a Lily, que llevaba algunos botones de la blusa estampada desabrochados. Al darse cuenta, Lily trató de abrocharlos con dedos temblorosos.

La única expresión discernible de la madre de Santiago era de curiosidad, aunque no era difícil imaginar lo que estaba pensando. Probablemente estaría preguntándose de dónde había sacado el playboy de su hijo a aquella mujer.

De repente Lily se sintió tan barata y ordinaria como seguramente la madre de Santiago pensaba.

Santiago apretó los dientes y se metió la camisa en los pantalones.

–No, por supuesto que no es un buen momento.

–Lo imaginaba –dijo su madre.

A su espalda apareció una joven de enormes ojos y cabellos negros con expresión seria. Era una auténtica belleza mediterránea, con la melena de rizos negros que le enmarcaban la cara, los labios sensuales y carnosos y la piel suave y dorada que brillaba de juventud y energía.

–¿Ya ha venido Santiago? –preguntó la joven casi a gritos.

A Lily se le estrelló el corazón contra el suelo. «¿Por qué debería sorprenderme?», se preguntó.

La joven morena continuó hablando a un nivel más aceptable cuando se quitó los auriculares que llevaba metidos en las orejas y preguntó:

–¿Qué excusa tienes para dejarnos plantadas?

La joven vio a Lily y se detuvo, abriendo enormemente los ojos como si la pregunta fuera dirigida a ella.

–Angel. Cielos, ¿tú también? – preguntó Santiago, exasperado.

–Hola, hermanito, yo también me alegro de verte –le dijo ella, sonriendo–. Te has olvidado de que el viernes tengo mi entrevista en la Facultad de Enfermería –le recordó ladeando la cabeza a un lado, en un gesto que a Lily le recordó muchísimo a Santiago.

–No lo he olvidado –le aseguró Santiago–. Sólo se me ha pasado temporalmente por alto.

La joven soltó una carcajada y dio un paso hacia delante con la mano extendida hacia Lily.

–Soy Angel, la hermana de Santiago –miró de reojo a su hermano–. ¿Qué le has hecho?

–Ahora no, Angel. Hablaremos más tarde.

Lily se sintió desfallecer. «Ahora no» le sonaba más bien a «Nunca». Era evidente que Santiago no quería presentarla a su familia. Parpadeó y se tragó el nudo que tenía en la garganta.

«Ve acostumbrándote, Lily. Vas a tener mucho de esto».

Porque lo cierto era que estaba dispuesta a aceptar lo que fuera y no se arrepentía de su decisión, aunque empezaba a darse cuenta de lo difícil que iba a ser.

Se volvió sin tener ni la más remota idea de adónde iba; sólo sabía que tenía que salir de allí antes de hacer algo estúpido de verdad como echarse a llorar.

–Si me disculpas –murmuró.

–Por supuesto que no te disculpo. Tú te quedas aquí conmigo –le aseguró él en un tono que despertó el evidente interés de las otras dos mujeres.

–Creía que mi presencia te avergonzaba –murmuró ella.

–Pues te has equivocado, querida –dijo él–, y no por primera vez. Quiero que te quedes aquí conmigo –repitió como si fuera una orden.

Lily levantó la barbilla. Loca o no, no iba a permitirle que le hablara así. No era un felpudo.

–¿Me lo dices o me lo preguntas?

Los labios masculinos temblaron ligeramente, pero la rigidez de sus facciones se relajó visiblemente. También su mirada, que la observó en silencio con una ternura y una calidez que por un momento Lily quedó sin respiración.

–Eres increíblemente mandón –lo acusó ella.

–Es parte de mi encanto.

«Te quiero tanto que duele», pensó ella mirándolo a la cara.

–Tu problema es que te has empezado a creer tus propios comunicados de prensa –aseguró ella, tratando de sonar burlona sin conseguirlo.

–¿Tengo comunicados de prensa?

–¿No lo sabes? –preguntó ella, sin saber si hablaba en serio o no.

–Bueno, si los tengo, espero que en el futuro los controles tú. Así mantendremos mi vanidad a raya.

–Eso sería nepotismo.

Santiago se encogió de hombros.

–Para mí no es ningún problema.

–No creo que a tus empleados les haga mucha gracia que inventes un puesto de trabajo para tu querida –Lily no tenía la menor intención de trabajar para él, pero algo tenía que decir.

–¿Qué has dicho?

–¿Es tu querida?

Los dos hermanos hablaron a la vez y Santiago, con una maldición, hizo callar a su hermana sin volverse a mirarla.

—¡No, no es mi querida!

—Tranquilo, hermanito. Sólo era una pregunta.

—Si no soy tu querida, ¿qué soy?

Entonces, inesperadamente, Patricia Morán, que había estado observando la conversación en silencio, dejó escapar un gritito.

—Cielos, ya sé quién eres. Eres la chica con la que Santiago me dijo que se iba a casar. Hace un año. En agosto. Lo recuerdo porque era mi cumpleaños —recordó—. Santiago, me llamaste a medianoche y me dijiste que no podías venir a mi cumpleaños porque habías conocido a la mujer con la que ibas a casarte —la mujer rió—. Al principio pensé que habías bebido.

Santiago ni confirmó ni negó las palabras de su madre: ni siquiera giró la cabeza. Seguía con la mirada negra e implacable en la cara de Lily.

—¿Le dijiste a tu madre que ibas a casarte conmigo hace un año? —Lily sacudió la cabeza de un lado a otro sin comprender—. No, no puede ser.

—¿Por qué? —preguntó él.

—Porque acabábamos de conocernos.

Esta vez lo que había en los ojos de Santiago era un profundo dolor.

—¿Cuánto tiempo hace falta para enamorarse?

A lo lejos, Lily oyó el gritito que soltó Angel.

—¡Qué romántico! ¡Por fin podré ser dama de honor!

Santiago apartó los ojos de Lily un momento para suplicar a su madre.

—¡Llévate a esa cría de aquí!

—¡No soy una cría! —protestó su hermana indignada.

Cuando la puerta se cerró por fin y quedaron solos en el vestíbulo de la casa, se hizo un silencio entre los dos. Lily, con el corazón a punto de salirse del pecho, clavó los ojos en el suelo.

–No estás enamorado de mí.

–¿Me lo dices o me lo preguntas? –respondió Santiago roncamente.

Lily volvió la cabeza y vio su reflejo un momento en el espejo. La luz en el vestíbulo iluminado era bastante fuerte y ella estaba desesperadamente pálida. En sus ojos, que parecían ocupar la mitad de la cara, había un brillo febril cargado de incertidumbre.

–No sé lo que hago. No sé lo que digo –confesó débilmente, y por una vez en su vida no pensó en las consecuencias de sus actos, sino que habló con toda sinceridad–: Aunque te quiero, eso sí lo sé.

Una intensa oleada de cansancio se apoderó de ella y se sentó en el último peldaño de la elegante escalinata sin mirar a Santiago. Con los ojos clavados en los zapatos, oyó los suaves pasos de Santiago sobre el suelo de mármol. El breve contacto de la pierna masculina al rozar la suya la estremeció. Las manos de Santiago la sujetaron por los hombros.

–Me quieres...

Lily alzó los ojos.

–La primera vez que te vi... –continuó él.

–En el restaurante, aquella noche –recordó ella.

–No, antes, en Baeza. Estabas bebiendo vino en una terraza –recordó él–. Llevabas un vestido blanco largo y vaporoso y parecías muy triste –Santiago entrelazó los dedos entre los cabellos castaños y la besó en los labios–. En ese momento me quedé totalmente prendado, Lily.

–¿De verdad? –Lily necesitaba creerlo, pero todavía parte de su desconfianza seguía allí–. Santiago, no tienes que decir lo que crees que quiero oír. Yo te quiero de todos modos.

–Y yo pasaré el resto de mi vida procurando merecer tu amor.

Lily apoyó la cabeza en el hombro masculino con un suspiro.

–No puedo creerlo –susurró.

–Cuando te vi creí que estaba soñando –dijo él con voz ronca–. Nunca había visto nada tan hermoso y me enamoré de ti en aquel mismo momento –se estremeció.

Con un dedo limpió la lágrima que se deslizaba por la mejilla femenina.

–¿Y por qué me ignoraste aquella noche en el restaurante?

–No era mi intención cuando te seguí hasta el hotel –dijo él–. Pero allí me enteré de que habías enviudado recientemente. Mi plan era ser sensible, y tomármelo despacio, respetar tus necesidades en ese momento... –la miró con una sonrisa burlona–. Pero los dos sabemos que las cosas no salieron exactamente según el plan. En el pasado nunca había perdido el control de mí mismo, pero cuando te vi en la piscina en aquel bañador negro temí que otro hombre se me adelantara, ¿y de qué me habría servido la paciencia? Cuando se trata de amor, se puede justificar cualquier decisión.

–¿Es... es cierto lo que ha dicho tu madre? ¿Es cierto que la llamaste y le dijiste...?

–¿Que había conocido a la mujer con quien iba a casarme? –Santiago asintió–. Sí, es cierto. Aunque desde siempre había jurado no casarme nunca –admitió con dolor–. No quería someter a ninguna mujer a lo que había sufrido mi madre.

Lily le acarició suavemente la cara con la mano y se alzó hacia él para besarlo en la boca, no con la pasión que habían compartido en otros momentos sino con una intensa ternura.

–¿El matrimonio de tus padres no fue bueno?

–Mi padre tuvo muchas mujeres, y no era discreto. Parecía disfrutar del dolor y la humillación de mi madre –explicó él–. Él me hizo detestar a la gente que engaña a sus cónyuges, y probablemente por eso me puse tan furioso cuando me enteré de que estabas casada –cerró los ojos–. Dios, cuando pienso lo idiota que he sido –exclamó, y enterró la cara entre las manos.

Lily le acarició la cabeza. No podía soportar la amargura en su voz.

–Tu no tuviste la culpa –le aseguró–. Sé que no debí haberlo hecho, pero eras tú, y contigo estoy totalmente perdida.

Santiago alzó la cabeza.

–No...

–Es verdad. Contigo no tengo fuerza de voluntad y me olvido de todos mis principios y mi moral –confesó ella, pensando que ahora eso le vendría bien, teniendo en cuenta el papel que estaba a punto de aceptar–. Me gusta ser tu querida –esbozó una sonrisa–. Siento haberlo soltado delante de tu familia. En el futuro seré más discreta.

–¿Mi querida? –repitió él mirándola como si se hubiera vuelto loca–. ¿De qué estás hablando? No quiero que seas mi querida. Nunca lo he querido. Quiero que seas mi esposa.

–¿Quieres casarte conmigo? –preguntó ella, cuya expresión pasó de la más total perplejidad a la alegría desbordada.

–Claro que quiero casarme contigo –rió él, tomándole la cara con las manos–. Te quiero, siempre te querré, y no imagino mi vida sin ti.

–¿Pero no temes que si he engañado una vez a un hombre se puede repetir?

–No, nunca –afirmó él sin dudarlo–. Te confiaría mi vida.

A Lily se le llenaron los ojos de lágrimas.

–¿Recuerdas dónde estábamos antes de ser interrumpidos?

Lily se secó las lágrimas de las mejillas y le sonrió.

–Más o menos.

–A mí siempre me han dicho que no se deben dejar las cosas a medias –dijo Santiago poniéndose en pie.

La tomó en brazos y la llevó al piso de arriba subiendo las escaleras de dos en dos.

Epílogo

DATE prisa, Lily, el fotógrafo está esperando.
–Ya voy –gritó Lily a Angel, que ya salía corriendo hacia la terraza donde esperaban el resto de los invitados.

Sus ojos fueron hacia la foto enmarcada sobre la cómoda del bebé y cruzó mentalmente los dedos para que el fotógrafo fuera capaz de captar el espíritu del día como lo había hecho un año antes.

La tomó con una mano y observó a los novios que se miraban sonrientes. Seguramente había sido una de las pocas novias a las que habían felicitado por engordar cinco kilos para el día de la boda. Santiago, recordó, estaba especialmente complacido con su curvilínea figura.

Había sido el día más feliz de su vida. Tanto que no creyó a Santiago cuando le prometió que todavía les quedaban muchos más felices.

Pero él tenía razón, y aquél era uno de ellos. Un día muy especial: el bautizó de su hijo, Raúl.

–Te están esperando, Lily.

Lily levantó la cara y sonrió a Santiago, que estaba allí con su hijo en brazos. Dejó la foto y fue hacia ellos dos.

–Tiene cara de ángel –dijo mirando al niño recién nacido.

–Sí, pero ya verás cuando le pongan la cámara delante. Empezará a gritar como un bellaco –le dijo Santiago divertido–, igual que ha hecho en la misa.

–Seguro que tienes razón –Lily miró a la foto–. ¿A que no parece que haya pasado sólo un año desde que nos casamos? Han pasado tantas cosas, y he sido tan feliz que a veces me da miedo –le confesó, acariciándole la mejilla con la mano.

–No tengas miedo, yo siempre estaré a tu lado.

Lily, con el corazón rebosante de felicidad, parpadeó para evitar una lágrimas de felicidad. Santiago había estado a su lado durante todo el embarazo, tranquilizando los miedos de que el destino volviera a robarles el hijo que deseaban tan desesperadamente.

–Y yo siempre estaré a tu lado, mi amor, y los dos estaremos al lado de nuestro hijo –dijo ella acariciando la mejilla del niño–. Antes pensaba que era una mujer sin suerte. Pero ahora sé que soy la mujer más afortunada del mundo.

Bianca®

**Primero la confundió con su hermana...
y después se empeñó en casarse con ella**

Cesare Saracino iba a vengarse de la inglesa que había cuidado de su abuela... nadie robaba a su familia. Pero no se dio cuenta de que la mujer a la que obligó a volver con él a Italia no era la ladrona, sino su hermana gemela, Milly Lee.

Milly trató de hacerse pasar por su seductora hermana y, cuando el deseo estalló repentinamente entre ellos, le resultó imposible rechazar a Cesare.

Lo que no sabía era si él deseaba a la verdadera Milly o a la mujer que fingía ser...

La venganza del italiano

Diana Hamilton

Acepte 2 de nuestras mejores novelas de amor GRATIS

¡Y reciba un regalo sorpresa!

Oferta especial de tiempo limitado

Rellene el cupón y envíelo a
Harlequin Reader Service®
3010 Walden Ave.
P.O. Box 1867
Buffalo, N.Y. 14240-1867

¡Sí! Por favor, envíenme 2 novelas de amor de Harlequin (1 Bianca® y 1 Deseo®) gratis, más el regalo sorpresa. Luego remítanme 4 novelas nuevas todos los meses, las cuales recibiré mucho antes de que aparezcan en librerías, y factúrenme al bajo precio de $3,24 cada una, más $0,25 por envío e impuesto de ventas, si corresponde*. Este es el precio total, y es un ahorro de casi el 20% sobre el precio de portada. !Una oferta excelente! Entiendo que el hecho de aceptar estos libros y el regalo no me obliga en forma alguna a la compra de libros adicionales. Y también que puedo devolver cualquier envío y cancelar en cualquier momento. Aún si decido no comprar ningún otro libro de Harlequin, los 2 libros gratis y el regalo sorpresa son míos para siempre.

416 LBN DU7N

Nombre y apellido	(Por favor, letra de molde)	
Dirección	Apartamento No.	
Ciudad	Estado	Zona postal

Esta oferta se limita a un pedido por hogar y no está disponible para los subscriptores actuales de Deseo® y Bianca®.
*Los términos y precios quedan sujetos a cambios sin aviso previo.
Impuestos de ventas aplican en N.Y.

SPN-03   ©2003 Harlequin Enterprises Limited

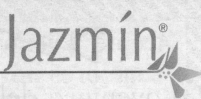

Jazmín

Cumpliendo deseos

Jessica Hart

Morgan Steele había ganado millones con su negocio, pero se había dado cuenta de que su vida estaba vacía… por lo que había decidido abandonar el trabajo e irse a vivir al campo.

Cuando el guapísimo Alistair Brown conoció a su nueva vecina, creyó que era otra muchacha caprichosa de la ciudad que jugaba a vivir en el campo… igual que su ex mujer. Sin embargo, sus hijas gemelas parecían cautivadas por la amabilidad de Morgan… y por su enorme piscina.

A medida que conocía a aquel hombre y a sus hijas, fue dándose cuenta de que había encontrado lo que buscaba…

Deseo®

La aventura del amor

Jill Shalvis

El experto en búsqueda y rescate Logan White estaba acostumbrado a trabajar en condiciones de mucha tensión. Por eso era tan importante que se tomase aquellas vacaciones para irse a esquiar. Sabía que necesitaba desconectar, pero puesto que se veía incapaz de hacerlo, aquellas vacaciones iban a ser una pesadilla.
Entonces conoció a Lily Harmon y todo cambió...

Un amante del peligro como él acababa de encontrar la horma de su zapato...